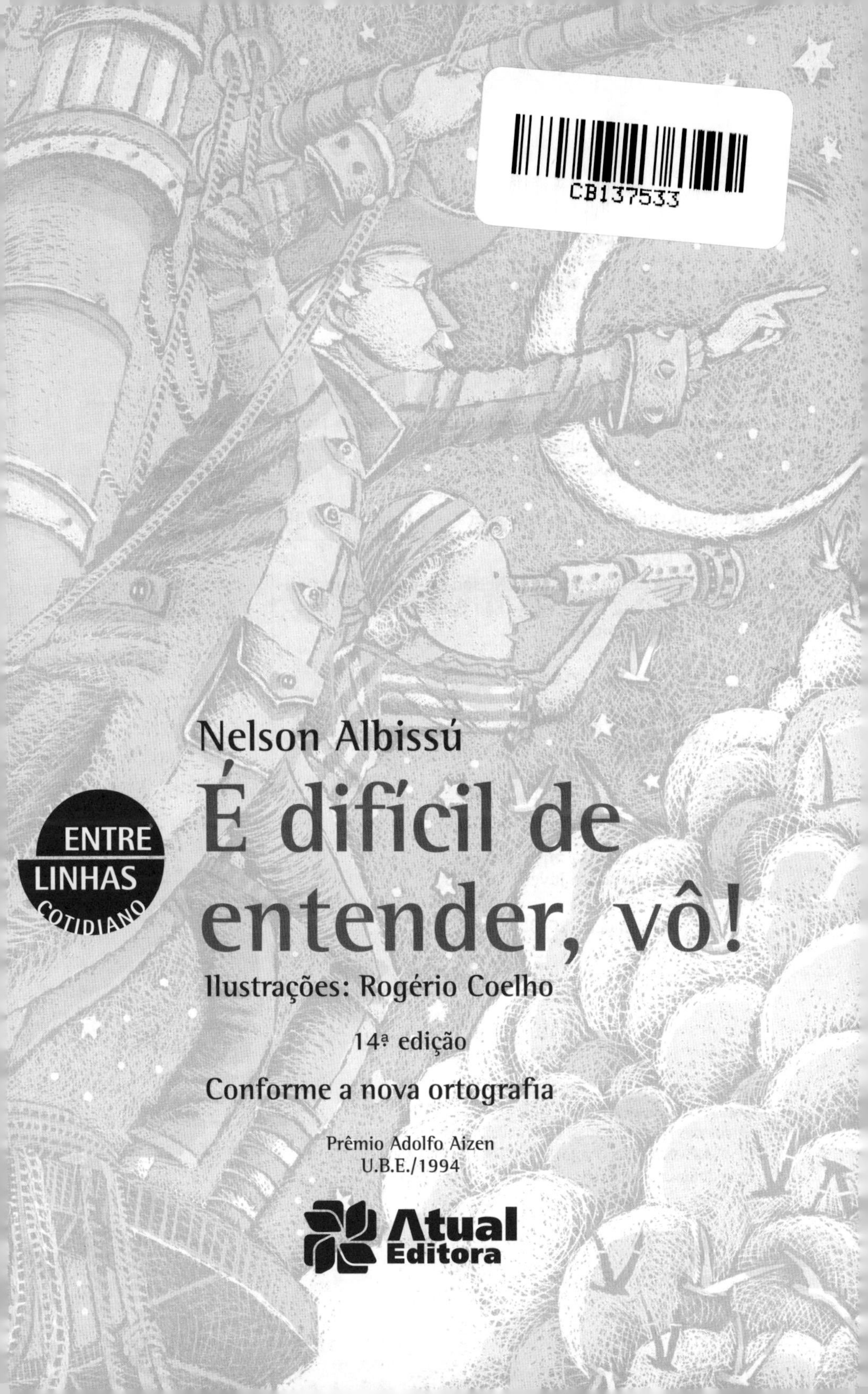

ENTRE LINHAS
COTIDIANO

Nelson Albissú

É difícil de entender, vô!

Ilustrações: Rogério Coelho

14ª edição

Conforme a nova ortografia

Prêmio Adolfo Aizen
U.B.E./1994

Atual Editora

Série Entre Linhas

Editor • Henrique Félix
Assistente editorial • Jacqueline F. de Barros
Revisão de texto • Pedro Cunha Jr. e Lilian Semenichin (coords.)/Aline Araújo/
Edilene M. Santos/Érica Lamas

Gerente de arte • Nair de Medeiros Barbosa
Supervisão de arte • Marco Aurélio Sismotto
Diagramação • Setsumi Sinzato
Projeto gráfico de capa e miolo • Homem de Melo & Troia Design
Coordenação eletrônica • Silvia Regina E. Almeida

Suplemento de leitura e projeto de trabalho interdisciplinar • Maria Sylvia Corrêa
Preparação de textos • Edilene M. Santos
Impressão e acabamento • Bartira

Dados Internacionais de Catalogação na Publicação (CIP)

Albissú, Nelson
É difícil de entender, vô! / Nelson Albissú ; ilustrações Rogério Coelho. – 14. ed. – São Paulo : Atual, 2009. – (Entre linhas : Cotidiano)

ISBN 978-85-357-0648-2

1. Literatura infantojuvenil I. Coelho, Rogério. II. Título. III. Série.

CDD-028.5

Índices para catálogo sistemático:
1. Literatura infantojuvenil 028.5
2. Literatura juvenil 028.5

13ª tiragem, 2018

CL 810415
CAE 602646

Avenida das Nações Unidas, 7221 – Pinheiros
CEP 05425-902 – São Paulo – SP – Tel.: (0xx11) 4003-3061
www.editorasaraiva.com.br
atendimento@aticascipione.com.br

Sumário

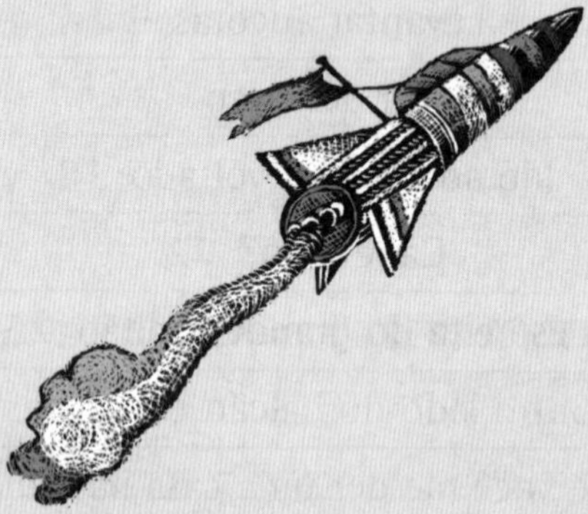

A todos que têm a capacidade
de entender a morte
como parte da vida,
um piscar de estrela do vô.

Para aqueles
que têm a sensibilidade de entender
que a mais louca fantasia
pode habitar
na casa da mais dura realidade,
uma passagem do Felipe
para viajar no seu
"Foguete Rumo às Estrelas".

Para
Casemiro Albissú e
Lourdes Marin Albissú,
meus pais,
que já são estrelas,
um beijo do autor.

Observadores de estrelas

Agora tinham dado pra isso: "Observadores de estrelas", dizia a avó. "Astrônomo", autointitulava-se Felipe.

Como se não bastasse a companhia de todas as horas disponíveis do menino durante o dia, já por algumas noites seguidas, o avô inventava qualquer pretexto para o neto Felipe ficar junto dele também algumas horas da noite. Iam para o fundo do quintal e, do alto da escada, que levava à lavanderia, entregavam-se a observar o céu, com os olhos fixos em nebulosas estrelas e a "cabeça na lua", como dizia a avó.

– Sabe como nasce uma estrela, vô?

– Nunca pensei nisso.

– Nasce quando morre um velho guerreiro índio.

– É mesmo?

– Ele morre e nasce no céu como estrela.

– Vem tomar banho, Felipe!

– Já vou, vó!

– Sua mãe vai chegar do serviço, e você não tomou banho nem jantou.

– Só mais um pouquinho, vó!

– Ele precisa tomar banho, Amâncio!

– Já vamos, querida!

– São dois meninos mesmo! – A avó desistiu de chamar o neto e voltou para a cozinha, envolvida com o jantar, como sempre estava, nesse horário.

Ela sabia que viviam mais uma nova temporada de brincadeiras e descobertas para o menino. Conhecera tantas outras vivências compartilhadas entre o marido e o neto que a sua memória não cabia naquele mexer e remexer de panelas: neném ainda – quando há unanimidade que bebê não entende nada –, ninguém pode negar que Felipe sentia prazer e sabia reconhecer o colo do avô. Com isso, o apelido de Vô Coruja durou pouco tempo, pois logo o reapelidaram de Vô Corta Choro. Nos braços do avô, Felipe encontrava remédio para todos os seus males: dor de barriga, fome, fralda molhada ou cheia. Mesmo assim ficaram em dúvida quando o avô anunciou o primeiro sorriso do menino.

– Agora o velho Amâncio exagerou! – comentou toda a família.

No entanto, logo puderam constatar a verdade: sorria o maroto. "Sorri para o avô." "E antes da hora" – comentavam os reconhecedores de mais aquela proeza. E o sorriso cedeu lugar ao riso, que ninguém pôde negar diante da sonoridade conseguida num simples brincar de esconde-esconde nos cobertores. Brincadeira que mais tarde foi retomada atrás dos móveis. O *buuuuuuu*... do bicho-papão também teve os seus dias de glória, com Felipe assustando o avô e a família. Mal o neto começou a sentar, ganhou um pequeno cavalo, nas pernas do avô, que eram também o seu trem apitando na curva. Ria, tombando para um lado e outro ou, com orgulho, retesava o corpo com muita firmeza nos braços do avô, para alcançar o forro da cozinha, do quarto e da sala. Falar, não falava. Talvez vivesse entupido de riso que lhe ocupava os lábios. Mas sabia pedir como ninguém e logo ganhou outro cavalo, agora nas costas e nos ombros do avô, para cavalgar sabe Deus por onde... Talvez até cavalgasse por estrelas...

Mas agora era hora de fugir um minutinho das panelas e voltar a chamar o neto para o banho.

– Está tarde, Felipe!

– Ah, vó! A estrela-d'alva acabou de aparecer, agora mesmo.

– Com essa tosse, Amâncio, e nesse frio?!

– Vamos, Felipe – disse o avô, decidido, puxando-o pelo braço.

– Bem agora, vô!

– Você tem razão, mas também precisamos obedecer à sua avó.

– Tenho certeza de que aquilo era um satélite, vô!

– Você não sabe de nada, garoto! Vamos tomar banho!

– Então, posso fazer a minha barbinha?

– Você ainda não tem barba – respondeu o avô, com a esperança, escondida no peito, de ter tempo para ver o neto crescer.

– Deixa, vô! Só vou passar sabão.

– Você fica brincando no chuveiro e hoje não tem água.

– Se você deixar, te dou um beijo.

– Então pode! – concordou o avô com a pequena chantagem, só para não ficar sem o beijo.

De mãos dadas, já a caminho do banheiro, perguntou o menino:

– Quem te ensinou o nome das estrelas, vô?

– Aprendi quando eu era marinheiro.

– Você foi marinheiro???

Diante do entusiasmo do neto, o avô parou, respirou fundo, pôs-se em posição de sentido, estufou o peito com orgulho e brincou:

– Capitão!

– Não acredito! – encantou-se o menino.

– Fui o mais belo capitão dos sete mares.

– Conta, vô!

– Agora não.

– Conta, vai!

– Outra hora eu conto. – E, decidido, agarrou o menino pelas pernas, jogou-o nos ombros e adentrou o banheiro. – Agora vamos tomar banho.

Levantar âncoras

Como acontecia todos os dias da semana, no outro dia cedo, para ir trabalhar, a mãe de Felipe o deixou na casa dos avós.

Varando portas e corredores que conduzem ao quarto dos avós, como era do seu costume, mal chegou ao portão, o menino entrou correndo em busca do avô, que, com o pretexto de poder gozar os seus dias de aposentadoria, fazia questão de esperá-lo na cama, fingindo dormir só para ser cutucado.

– Vô! Ô vô...

– Ovo, não! – explodiu o avô, brincando por entre as cobertas. – Já te falei milhões de vezes que não sou ovo. Ovo é de galinha.

– Eu sei, vô!

– Então, por que ousa chamar o mais forte, valente e bonito capitão dos sete mares de ovo?

– Conta, vô!

– Contar o quê?

– De quando você era capitão!

O avô olhou para um lado, depois para o outro e, de repente, fingindo-se surpreso em ver o neto ali, num rápido impulso, puxou-o contra o peito e gritou com grande alegria:

– Bem-vindo a bordo, marujo!

Com o tranco, o menino decolou do chão num voo e foi precipitado numa grande onda de beijos e abraços do avô.

– Bom dia, vô!

– Você está num navio, marujo. E eu sou o capitão.

– Navio?! – admirou o menino com ar de incredulidade olhando a cama dos avós.

– Se colocar em dúvida as palavras deste capitão, mando te prender no porão, até nos encontrarmos com a polícia costeira, para te entregar como prisioneiro.

– Vô... – com um pé ainda na realidade, Felipe chamou.

– Neste navio, não sou seu avô. Sou o capitão – observou, com o intuito de arrastar o neto para a brincadeira.

– E por que não posso ser o capitão?

– Você ainda é um simples marinheiro de primeira viagem. Tem muito que aprender.

– Tá bom, capitão. E por onde vamos navegar?

– Por águas profundas do alto-mar.

– Bonito, capitão Amâncio!

– Amâncio? Você me chamou de Amâncio?

– Claro! Vou te chamar de capitão Vô?

– Está certo – concordou o capitão e deu seu grito de comando: – Tripulação, levantar âncoras!

Aí o navio apitou para zarpar, e todo o chão tremeu junto com o coração do menino, que, de alegria, gritou um viva e lançou o travesseiro da avó ao teto do quarto.

– Olha o travesseiro da sua avó, Felipe!

– Desculpa, capitão! Mas isso não é o travesseiro da vó. É a bandeira do navio do grande capitão Amâncio.

– Ah, é?! E você já sabe dar os nós que te ensinei?

– Não todos. Mas já sei fazer o laço do meu tênis.

– Pois fique sabendo que um homem do mar tem de saber dar todos os nós e laços.

– Eu não tenho barbante, capitão.

– Tem aqui, na gaveta do meu criado-mudo – disse o avô, apanhando um novelo ali guardado.

– Quando eu estiver em terra, aprendo isso, capitão.

– Não podemos navegar sem você saber essas primeiras coisas de navegação.

– Mas vô...

– Olha aqui! Presta bem atenção! – O avô laçava o barbante, ignorando a resistência do neto. – Dá esta volta e puxa! Está vendo? Este nó é ótimo para você amarrar piratas no porão do navio, caso você capture algum em alto-mar.

A imagem de capturador de piratas fez uma enorme vontade de aprender invadir o menino.

– Deixa comigo, capitão!

– Toma!

– Enquanto isso, o senhor hasteia a nossa bandeira?

– Não! Quero ver você hasteá-la.

– E o que o senhor vai ficar fazendo enquanto isso?

O avô precipitou a mão na gaveta do criado-mudo, apanhou uma gaita de boca, sentou-se na cabeceira da cama e respondeu:

– Vou tocando a minha gaita aqui na proa, como faz todo capitão quando navega por mares tranquilos. – E começou a tocar uma música cheia de nostalgia...

Assim, avô e neto, capitão e o novo marujo, navegavam por aquele mar da infância, nunca antes navegado, juntos.

Roçar de casco

– Amâncio! Amâncio...

– Capitão, capitão! Atenção, capitão... – interrompendo o seu aprendizado de nós, Felipe chamou.

– O que foi? – O avô acordou dos seus mares de lembranças.

– A vó tá te chamando!

– Ah?!

– A vó tá chamando, vô!

– Eu?

– Já faz tempo.

– Que foi, Teresa?

– Você não me prometeu que ia hoje?

– Ir aonde?

– Você sabe, Amâncio. Não se faça de bobo!

– Nunca estive melhor em toda a minha vida.

– Essa noite você só faltou tossir os bofes.

– Outra hora eu vou.

– Pois não falo mais nada. Você já é bem grandinho. Lavo minhas mãos – resmungou a avó para as paredes da cozinha, porque o capitão já tocava a sua gaita novamente, sem se preocupar com a água batendo no costado do seu navio. Não estava nem aí com a tosse.

– Ir aonde, vô?

– Olha que belo cardume de peixes! – disfarçou o avô, para fugir da pergunta que não queria responder.

– Onde, capitão?

– Aqui perto do casco.

Curioso, o neto lançou os olhos e a metade do corpo para baixo. E rapidamente voltou, gozando:

– Só vi um penico boiando!

Olharam-se com cumplicidade e riram naquele mundo deles que ora era cama, ora era navio. E, rindo, o menino esqueceu o que perguntara antes.

Aliviado por ter conseguido fugir da rede daquela pergunta, o avô pôde apanhar novamente a sua gaita e tirar um vibrante acorde, que fez um cachorro ganir de dor, não se sabe onde, e a avó gritar lá da cozinha:

– Amâncio!

– Já disse que vou outro dia – respondeu o avô, como se ainda fosse menino.

– Vá quando quiser! Mas para de tocar essa porcaria, que a Ana Rita está dormindo.

– Desculpa, querida! Ela não foi trabalhar hoje?

– Vai entrar mais tarde. E é bom vocês se levantarem. Você sabe que ela gosta de se arrumar nesse espelho.

– Ih! Já vem essa chata. Penteia daqui. Passa perfume dali. Põe e tira roupa...

– Não fala assim da sua tia, Felipe!

– Ela é uma chata, vô.

– Mas é a sua única tia.

– Ela vem só pra estragar o nosso navio. Por que não se arruma no espelho do banheiro?

– Porque toda mulher é vaidosa por natureza. E a sua tia não foge à regra. Gosta de se ver inteira e naquele espelho não dá.

O menino abriu os braços e as pernas o mais que pôde, para ocupar grande parte da cama.

– Não quero que ela se sente no meu navio.

– Ela sempre se senta na banqueta da penteadeira. Nem vai incomodar a gente.

– E se ela se sentar aqui?

– Se fizer isso, ficará sujeita ao julgamento naval deste capitão – respondeu o avô, com a voz impostada e cheia de altivez, batendo no peito.

– E se ela implicar comigo?

– Só fará isso se ainda não conhecer as leis do mar.

– Então, se mexer comigo, amarro ela no porão, como se fosse um pirata – ameaçou Felipe.

– Deixa de implicância, e vamos hastear a bandeira!

– Com o cobertor, vô?!

– Não! Com a fronha do meu travesseiro, que já tem estas iniciais bordadas. – E começou a tossir.

– Vô... – O menino preocupou-se.

O avô não respondeu. A tosse não deixava. Felipe, assustado, começou a bater-lhe nas costas, para desengasgá-lo.

– Vô... São Brás, vô!

Quando teve fôlego para tranquilizar o neto, que vivia ouvindo a avó dizer que estava preocupada com aquela tosse dele, balbuciou ainda meio sem fôlego:

– Foi... uma onda do mar... que me atingiu em cheio. – E voltou a tossir.

– Deve ser uma onda desse tamanhão – falou Felipe, levantando os braços o mais que pôde.

– Mas já passou. É hora de hastearmos a nossa bandeira, marujo. Um navio não pode navegar sem identificação.

Apontando para as duas letras bordadas do travesseiro, o menino perguntou:

– O que tá escrito aqui, vô?

– É por esse bordado na nossa bandeira que todos nos reconhecerão pelos sete mares.

– Mas o que está escrito, vô?

– "A" de Amâncio e "T" de Teresa. Por estas letras bordadas na nossa bandeira, todos nos reconhecerão pelos sete mares. Estamos entendidos, pequeno marujo?

– Mas eu me chamo Felipe, com "efe", capitão.

– Eu sei. E daí?

– Não tem o meu nome.

– Esse não é o nome do navio. Esse é o nosso lema...

– Lema?

– É! O lema que vamos desfraldar ao vento por todos os mares navegados.

– E qual é o nosso lema, vô?

– Amamos a Teresa.

– Ah... – concluiu Felipe, por entre um sorriso murmurante em A e T. E é bem provável que nem houvesse entendido direito toda aquela história de nome e lema. No entanto, invadido por uma ternura que só pode ter sido assoprada pela conversa, abraçou o avô. – Amo você também!

– Sei disso, meu querido! Agora, quero que o mundo saiba, em cada porto em que aportarmos, que este velho capitão Amâncio ama a sua Teresa.

– Eu também, vô! – disse Felipe abraçado ao avô, naquele forte abraço correspondido.

Voltaram para o mar. Hastearam a tremulante bandeira na guarda mais alta da cama e seguiram viagem. Apesar de já estarem em pleno mar e ser ensurdecedor o marulhar das ondas, ouviram os ventos da vida, vindos do distante continente da sala, no cantar do cuco.

– Onze horas! – O avô sobressaltou-se e achou prudente aportar o navio no cais daquele primeiro dia.

– Vamos levantar, marinheiro! Daqui a pouco você vai à escola.

– Ah, vô! Hoje não quero ir.

– Ficou louco? Seu pai me frita vivo.

– Então, quando eu voltar, a gente brinca de navio?

– Sua mãe vem mais cedo, pra levá-lo ao dentista.

– Detesto dentista.

– Deixa de bobagem! No meu barco, não quero ninguém de dentes esburacados.

– Quando eu voltar do dentista, então?

– Sabem que horas são? – perguntou a avó lá da cozinha, de onde também ouvira as badaladas do relógio da sala.

Decidido, levantou-se o avô.

– Já estou indo, querida! – E vestiu a camisa.

– Vou esquentar o café pela última vez.

– Vô, qual o nome do nosso navio?

O avô parou de se vestir. Pensou por uma fração de minuto. Esboçou um sorriso, fixou os olhos no rosto do menino para descobrir as suas reações e fez o batismo:

– Tariana.

– Tariana...?

– Por quê? Você não gosta? – perguntou o avô, com certa insegurança. Pois malandramente havia invertido o nome da filha para batizar o navio, mesmo sabendo que entre ela e o neto existiam algumas diferenças. Caminhos a serem percorridos pelos dois.

Inocente dessa artimanha do avô, Felipe simplesmente alçou os ombros diante da pergunta, como quem diz "tanto faz". Não era questão de gostar ou não gostar. Sempre repetia, em tom de pergunta, uma palavra nova, quando lhe era apresentada de surpresa. No entanto, como os olhos do avô aguardavam uma resposta, respondeu-lhe mecanicamente:

– Gosto.

Da cozinha, anunciou a avó naquele tom que eles reconheciam como último aviso:

– O café está quente!

– Agora é você quem responde – ordenou o avô ao neto, em voz baixa de cochicho no ouvido.

– Já tô indo, vó!

E como se só Felipe fizesse a avó esperar, puxou-o da cama pelas pernas:

– Não faça a sua avó esperar, garoto!

– Tá bom, vô! – concordou o novo marinheiro, soltando as âncoras, atracando o navio e levantando-se da cama, meio contrariado.

Ido ao Japão e voltado

"...Bem que eu não queria vir à escola. Só vim pro meu pai não fritar o vô. E, depois, ainda vou ter de ir ao dentista. Quantas vezes já falei que o meu dente não tem nada? Mas minha mãe é tão teimosa que convence até o vô. Só dói quando eu como açúcar ou bebo alguma coisa gelada. Se eu não tivesse vindo, uma hora desta o nosso navio estava lá no Japão. O vô disse que o Japão fica do outro lado do mundo, mas a gente sabe navegar rápido" – entretinha-se Felipe com seus pensamentos, quando a professora chamou:

– Felipe!

– Que é?

– É assim que se responde?

– Tá bem! – ele concordou e corrigiu: – Pois não, professora.

– Vê se presta mais atenção na aula. Fica aí o tempo todo pensando no quê?

"Gente grande é cheia de mania mesmo. Se faço bagunça, é pra eu ficar quieto. Se fico quieto, quer logo saber por quê. Devia dizer pra ela que estava pensando no meu vô. Queria ter ficado com ele e pronto. Não vinha à escola e acabava de uma vez com essa história de querer saber o que estou pensando. O vô sim é quem me entende. Nunca me dá bronca porque dou um grito de alegria nem implica porque estou calado. Outro dia mesmo, estava chovendo e eu fiquei quieto, olhando a chuva escorrendo na vidraça. Aí meu pai logo implicou:

– O que esse menino está fazendo aí todo esse tempo?

O vô não pensou duas vezes. Respondeu logo:

– Tá olhando a chuva. Você não está vendo, Alfredo?

Meu pai fechou a cara, mas não respondeu nada. Quando o meu vô foi embora, ele reclamou pra minha mãe:

– Qualquer hora, esqueço que é meu pai e acabo respondendo pra ele. Só um cego não vê que ele está estragando a educação do Felipe.

Aí, bem feito pra ele, a minha mãe respondeu assim:

– Você tem ciúmes da amizade deles. Por que em vez de ficar implicando com o seu pai e o Felipe você não tenta ser amigo dos dois, Alfredo?

– Tenho muito o que fazer, para andar atrás de um menino e de um velho.

– É... mas o pouco que você está em casa fica jogado no sofá dormindo, ou assistindo ao futebol, ou lendo jornal. Nunca sai com o Felipe pra nada.

– Chega o final de semana, estou mais morto do que vivo – respondeu o meu pai, que só tem essa desculpa, e, como faz sempre, enfiou a cara no jornal.

– Mas podia ao menos dar uma volta no quarteirão com o menino.

Mais um bem feito pra ele que a minha mãe falou tudo isso. Merecia ter escutado mais. Ele ainda nem viu a minha cabana de índio, que o vô me ajudou a fazer lá no quintal dele. O vô arrancou o canteiro inteiro de couve e disse assim pra mim:

– Vamos demarcar o território indígena nesta horta.

– Território indígena? – na hora perguntei, porque não entendi direito. Mas, agora, quando vejo na televisão essas histórias de demarcações para os índios, sei logo o que o repórter está falando. Além disso, o vô me ensinou a fazer um cocar e um colar indígena, com as penas dos patos da minha vó. Todo domingo o vô inventava a mesma história, só para minha vó matar mais um pato.

– Teresa, querida, neste domingo queria comer um pato.

– Outra vez, Amâncio? Já não comemos no domingo passado? – ainda perguntava a minha vó, sem perceber nada.

Eu até me escondia. Saía de perto porque me dava uma vontade louca de rir da cara lambida e cheia de vontade que o vô fazia, para responder:

– Sabe o que é, querida? É que, desta vez, eu queria comer assado.

O vô dizia isso sempre de costas pra vó. E logo saía correndo, porque até ele tinha vontade de rir. Mas, se não fosse essa história de comer pato todos os domingos, eu ainda não teria o meu colar de índio. Deu até pra fazer um pro vô também. Mas eu ficava com um dó louco do pato que ia pra panela. Por isso, nunca quis ver a cara do coitado que estava 'pagando o pato', como diz o meu avô, porque, se eu visse, acabava chorando.

E foi tão bonito quando eu virei cacique! Claro que depois ficou chato, com só o vô de índio na minha tribo. Meu pai bem que podia virar índio... Mas não vira! Até de domingo não tira a gravata. Falou pra minha mãe que usar gravata já é... como é mesmo que ele disse? Ah... lembrei: 'hábito'. Foi isso mesmo. Se ele quisesse podia ser o índio mais forte da minha tribo. Já vi o pai sem camisa – tem um musculão no braço maior do que o dos braços do vô. Mas de camisa e sem colar não entra na minha cabana. Mim, cacique, não deixa. Se ele quisesse, eu até tinha feito um colar pra ele. Também, agora não ligo mais pra isso. Nem quero mais ser o cacique daquela tribo mixuruca, que só tem eu e o vô. Quando o vô me ensinar a ser o capitão do navio, vou lá pro Amazonas, pra conhecer uma tribo bem grandona. Com cacique, pajé, guerreiros..."

– Felipe!

– Não estou pensando em nada, professora!

– Acabou a aula, Felipe. E você passou o dia todo aí, de boca aberta.

– O pior é que tenho de ir ao dentista. – E apressou-se a guardar o material escolar na mala.

– Isso não dói nada.

– Eu sei, professora. Quero ir correndo pra casa...

– Por quê? Vai acontecer alguma festa lá?

– Não! Eu e meu vô temos um navio. Chama... – Fez força para lembrar o nome, não conseguiu e continuou: – Por enquanto, o vô é o capitão e eu sou o marujo. Se eu não tivesse vindo hoje, já tinha ido ao Japão e voltado, e dava tempo de sobra pra ir ao dentista. – E recolheu o último lápis, antes de voar, com pressa, pelo pátio até o portão da escola.

Cadê o vô?

Quando chegaram do dentista já era noite. Mesmo assim Felipe ainda queria ir à casa do avô. O céu estava estrelado e a noite, muito clara, iluminada com a lua cheia. Talvez pudesse aprender com o avô o nome de uma constelação nunca vista ou, quem sabe, com alguma sorte, avistar alguma estrela pequena não coberta pela poluição... Mas a mãe não permitiu. Disse que era muito tarde e não adiantava teimar. Era hora de tomar banho, jantar e cama. Aí, foi difícil para Felipe dormir. Rolou para um lado, depois para o outro. Em nenhum lugar conseguia aportar o navio que tinha na cabeça. Quando dormiu, ainda continuou navegando, com o avô a bordo, sob as estrelas.

Na manhã seguinte, nem esperou a mãe para ir à casa dos avós. Pulou o pequeno muro que separava as duas casas e invadiu a cozinha da avó com um bom-dia de passagem. Ela não conseguiu detê-lo a tempo para dizer que o avô não estava. Surdo de esperança, o neto rompeu os corredores rumo ao quarto, chamando:

– Vô! Vô! Vô...

Diante da cama vazia, concluiu, convicto:

– Eu sei onde você está! – E olhou atrás da porta. Já um pouco indeciso, procurou embaixo da cama. – Você se escondeu de mim, vô? – Aí ficou em dúvida, correu até o banheiro gritando: – Vô... vô... vô... – E desesperou-se: – Vó, cadê meu vô?

– Saiu.

– Você está brincando, vó?

– Não! Ele precisou sair.

– Ah, vó! Aonde ele foi?

A avó não gostava de mentir ou faltar com a verdade, mas agora não teria outro jeito. Não seria ela quem contaria a ele que o avô fora ao médico. Estava certa de que o neto ficaria muito preocupado. Por mais amigos que fossem, Felipe sempre ficava do lado dela, quando o avô não queria tomar algum remédio ou mesmo o xarope para tosse, que ele dizia não ser nada. "Tosse de gripezinha boba, Teresa!", sempre insistia. E a tosse cada dia aumentando mais e mais. Nem sabia como o teimoso concordara em ir fazer uma consulta. Para o neto não descobrir nos seus olhos algo mais do que aquilo que a sua boca dizia, dona Teresa virou o rosto para responder:

– Teve um compromisso.

– Ele não podia fazer isso comigo – o menino lamentou a ausência do amigo esperado por tantas horas.

Felipe sozinho: sem o avô?! A avó sentiu medo pela saúde do marido e um frio desceu a sua espinha. Quis se convencer de que era bobagem essa coisa de intuição. No entanto, comovida, sentiu que ia chorar. Não podia. Não queria. Tentou resistir. Conseguiu:

– Era um compromisso a que ele não podia faltar. Estava marcado há muito tempo.

– Por que ele não me disse, então? – cabisbaixo, o neto protestou.

Que cavalo de batalha ela estava fazendo agora só por ver o neto triste daquele jeito? Mesmo todo mundo sabendo que era uma chorona declarada, não podia chorar na frente do Felipe. Ele desconfiaria de que ela estava mentindo. Ficaria louco para saber o motivo. Claro que jamais lhe contaria sobre a intuição e o medo. Nem pensar em bobagem tão grande. Precisava continuar dominando a vontade de chorar. Era certo que, se não conseguisse, Felipe choraria com ela. Seria uma judiação muito grande. No entanto, o nó na garganta estava ficando cada vez mais seco. Pior eram os olhos umedecendo mais e mais. Precisava encontrar uma saída para se livrar da presença do neto. Então, como desculpa, fingiu ter queimado o braço com o bule de café quente, para gritar nervosa:

– Vai pro quintal, Felipe! Você pergunta tanto que queimei o braço. Nunca vi uma criança perguntar assim.

Decepcionado e triste, o neto saiu imediatamente. Foi rumo ao velho barracão, no fundo do quintal, onde o avô guardava um montão de ferramentas. De passagem pelo seu território indígena, pensou em virar cacique. Mas cacique sem índio? Coçou a cabeça e desistiu. Nisso, sobre a grama, tropicou no Veloz deitado no chão, coberto de orvalho:

– Eh, cavalo! – resmungou com raiva, chutando o cabo de vassoura.

Próximo da goiabeira, olhou bem para o galho, que era o seu "Foguete Rumo às Estrelas", e concluiu que o avô haveria de lhe explicar direitinho essa história de foguete rumo às estrelas com combustível de energia solar.

– Pensa que sou bobo? Se tem sol, não tem estrelas, e, quando tem estrelas, não tem sol. Isso que o vô falou é uma grande besteira. Melhor é eu pôr gasolina na goiabeira. Olha, as placas de captação de energia solar! – Felipe olhava as folhas da árvore. – Estão cheias de orvalho! Esta droga nunca vai subir pra lua. O vô pensa que sou bobo, mas não sou. Ele inventou essa história só porque não quer que eu brinque com fogo. Quando o sol esquentar...

– Felipe! – chamou a avó da porta da cozinha. – Vem tomar café, querido.

– Você brigou comigo! – respondeu, ressentido.

– Posso pedir desculpas? – suplicou ela.

– É fácil. Você briga e depois pede desculpas...

– Eu estava nervosa. Você me desculpa? – E continuou com a mentira: – Queimei um pouco o braço com o bule de café.

"Coitada!" Já que era assim estava desculpada. E, com dó, aproximou-se dela, querendo ver a queimadura.

– Tá doendo, vó?

– Já passou. Veja! Nem ficou marca – ela respondeu, mostrando o braço supostamente queimado.

Mas se não havia ficado marca nem estava doendo, ele podia resistir mais um pouco:

– Você me xingou!

– Mas estou pedindo desculpas. Você me desculpa?

Ainda com os lábios formando um bico de emburrado, respondeu:

– Desculpo.

A avó agachou e esticou os braços:

– Então, me dá um beijo!

Ele beijou a avó que, trêmula, pediu mais:

– Me abraça bem forte, Felipe! O mais forte que você puder... querido.

E como se entendesse quanto aquele pedido era importante naquele momento de dúvida, o menino apertou-a num abraço com grande amor. Em seguida, olhou profundo nos olhos dela e perguntou:

– Cadê meu vô, vó?

Ela lhe afagou os cabelos com carinho e respondeu:

– Volta logo.

À espreita do grande capitão

Fim! Ali, com o nariz espremido na grade de ferro do portão da rua, terminara a grande aventura do capitão Felipe.

Quando atravessara o enorme corredor, entre a casa e o muro, antúrios tremeram à sua passagem. Era sempre assim. Estava acostumado a isso. Já no início da sua aventura, quando acabara de montar no seu Veloz, o cavalo de cabo de vassoura, e arrumara na cabeça o seu chapéu de capitão, feito de jornal, uma lagartixa assustou-se toda e correu em disparada parede acima. E de nada adiantou ela se esconder na esquina do alto da parede e o forro, pois o capitão sacou da sua luneta de longo alcance, feita de jornal, e avistou o coração do réptil pulsando de medo diante da sua força e valentia.

Pobre réptil! Como não reconhecia um homem de bem! Um capitão da cavalaria da envergadura dele jamais sacrificaria uma pobre lagartixa covarde. O avô sempre o ensinara a respeitar todos os animais. E, além disso, tinha coisas mais importantes para fazer e pensar. Com o seu chapéu de capitão, feito por ele mesmo, surpreenderia o avô, quando ele chegasse. "O vô vai gostar de me ver assim. Vai me levantar nos braços e dizer que estou lindo."

– Não é, Veloz? – Felipe pediu confirmação para o cavalo, que não lhe respondeu nada e, por isso, tomou uma bronca:

– Você não ouviu o seu capitão falar? Eu fiz uma pergunta, cavalo burro!

O cavalo continuou mudo. Sem nenhum gesto. Simplesmente, quando o capitão afrouxou as pernas, caiu de cabeça e, por sorte, ficou escorado na grade do portão, esperando nova ordem de partida.

O capitão continuou lá na grade do portão, com o nariz espremido, chapéu amassado, olhos e coração esperando o avô, que não chegava nunca.

Dia mais chato aquele sem o avô para lhe fazer companhia. O avô gostaria de vê-lo montado no Veloz e saber daquela missão de capitão dos fundos da casa até o portão da rua. Só não lhe contaria que a avó também tremera apavorada, quando ele galopava, quase voando, montado no Veloz, pelos antúrios dela.

– Vem, Felipe! – chamou a avó. – Está na hora de você ir à escola.

Pronto! Lá estava a avó gritando a hora de ir à escola. As aulas estavam muito chatas. Ele já havia aprendido a fazer todas as letras "cês", que ficavam formando ondas debaixo do navio que ele mesmo desenhou no caderno. Já havia colado os fósforos ao lado dos números, pintado todos os retângulos, bolas e quadrados. Ninguém sabia colorir elefantes, tucanos, cachorros e jacarés melhor do que ele. Com o avô, já aprendera até a escrever o seu próprio nome. Mas a professora continuava naquelas lições, que os colegas nunca aprendiam. Até no seu boletim, ela havia escrito que ele era um menino muito esperto. Com isso, criou coragem e disse à avó que não queria ir à escola.

A avó, coração preocupado como estava, concordou. Mas, aí, ele discordou:

– Vou, sim, vó! Senão meu pai te frita.

Aquele menino valia todo o ouro do mundo, disse a avó para si mesma e respondeu:

– A frigideira do seu pai é muito pequena para me fritar, Felipe. Quando muito, ela frita só bolinho.

A vó estava certa. Na frigideirazinha que a mãe escondia no forno, porque estava muito cascuda, não cabiam mais do que três bifes por vez. Mesmo assim, era melhor ir à escola, pois o vô não ia gostar de saber que ele metera a vó em confusão, por essa bobagem de não querer ir à aula.

Do outro lado do balcão e da vida

O avô voltou tarde do médico. Estava muito abatido. Cansado de verdade. Havia enfrentado muitas filas, guichês e falta de educação dos atendentes. Nem sabia quantas vezes teve de pedir por favor. Por favor aqui. Por favor ali. E as respostas não eram muito diferentes: "Não vê que estou ocupada?"; "Guia de urgência? Até parece que a sua é a única, meu senhor."; "Só o senhor tem pressa. Os outros estão aqui a passeio."; "Urgente é o meu aumento de salário que não vem nunca, vovô.". Parecia até que estava esmolando uma coisa desnecessária. Será que não viam há quantas horas estava naquela fila, por uma simples assinatura, e quanto tempo havia ficado à espera de um bater de carimbo? É pra isso que a gente paga aposentadoria a vida inteira? Só não desistiu porque o médico pediu os exames com muita urgência. Urgências assinadas e carimbadas pelo doutor, que nos guichês não valiam nada. Ele deveria retornar dali a vinte e dois dias, unicamente para marcar as datas dos exames, que ninguém podia dar previsão de quando seriam realizados. "O futuro só a Deus pertence, ô velhote!" Por isso sempre relutou em ir fazer uma consulta. Sabia como funcionava aquilo.

Quando teve derrame, só não morreu porque vendeu a casa que tinha de aluguel para pagar o médico e o hospital particular. Se tivesse esperado pelo sistema de previdência social, não estaria ali, de volta. "Ainda bem que eu tinha a casa." Tentava se conformar diante de casos bem piores que conhecia, acontecidos com os seus amigos. "Velho só vem ao médico porque não tem o que fazer em casa", o compadre teve de engolir isso de uma atendente de enfermaria no dia em que morreu. Isso ele não engoliria, podia perder consulta, exame, a vida, se fosse necessário, mas daria uma boa resposta pra mal-educada. "Pensam ser os donos do mundo, porque estão do outro lado do balcão e da vida", murmurou, com os dentes travados de raiva, ao sair do hospital. Coisas difíceis de entender. Também não compreendia pra que levar um acompanhante da família quando fosse levar os resultados dos exames ao médico.

– O que esse médico está pensando? Que sou um velho gagá? Que só posso retornar lá com a minha mulher ou com os meus filhos? Eu devia ter dito pra aquele sei-lá-o-quê que só pra nascer fui ao médico acompanhado...

– Besteira, Amâncio! Bem que eu podia ter ido com você hoje. Mas você é teimoso, querido.

– Veja lá se sou homem de ser levado por mulher ao médico!

– Pois, se eu tivesse ido com você, não teria ficado quase o dia inteiro plantada lá no portão à sua espera.

– E o Felipe?

– Tá na escola...

– Isso eu sei! – respondeu rispidamente. – Quero saber se não desconfiou de nada.

– Desconfiado ficou. Você sabe como ele é esperto. E você também dá muita satisfação pra ele. Acho até que devia mudar um pouco, querido. Se você sai, ele fica aí todo cabisbaixo. Queria saber, a qualquer custo, aonde você foi. Depois, pensei até que tivesse esquecido. Mas fez um chapéu de jornal, montou naquele cabo de vassoura e ficou no portão te esperando até a hora de ir à escola.

– Nem posso ir ao médico que todo mundo fica preocupado nesta casa?

– Vamos, querido! Você almoçou?

– Não. Passei tanta raiva que nem fome tive.

– Tantas horas sem comer, Amâncio. Pra que isso?

– Vou ficar jogando dinheiro fora por aí?

– Amâncio, não me faça mais economia. Chega!

– Fico jogando dinheiro fora e depois como vou comprar os remédios das receitas? Com a miséria da minha aposentadoria?

A avó não falou mais nada. Não sabia o que responder. Ele estava nervoso. Mas tinha suas razões.

Só se você me der uma casa na lua

Naquela noite, o avô não conseguia dormir. Rolava para um lado, depois para o outro, enquanto mil pensamentos rodavam na sua cabeça. Nervoso como estava, tossia mais do que de costume. Toda hora levantava para ir ao banheiro, que fica no final do corredor. Agora, com a urina solta, o banheiro ficara mais longe do que antes.

Quando da reforma da casa, devia ter feito uma suíte, como tantas que edificara para os outros. "O grã-fino *qué* a *tar* da suíte pra não *tê trabaio* nem de mijar" – e os peões riam das gozações do Marreta, que ia brincando e puxando a turma toda para as valetas dos alicerces, para não faltar massa nem tijolos no alto dos andaimes, para subir as vigas, armar as tesouras, cobrir a casa e hastear um galho de árvore na ponta do telhado e depois beberem cerveja por conta do dono da construção. Que coisa engraçada ter-se lembrado disso agora! Onde estaria aquele negrão? Foi o melhor servente de pedreiro que conheceu em toda a sua vida de quase trinta e cinco anos de construção. Qualquer dia precisava contar ao Felipe sobre o Marreta. Já via os olhos brilhantes do neto, ouvindo que o negrão tinha esse apelido por causa da força dos seus músculos e punhos, que com um murro derrubava paredes na hora de uma demolição. E não foi por receio de parecer grã-fino que não fizera a sua suíte. Na época, o filho Alfredo ainda era solteiro e, mesmo sendo irmão, não ficava bem continuar dormindo no mesmo quarto com a Ana Rita, porque já estava ficando mocinha. Por isso, no lugar da suíte emendou mais um quarto, que hoje estava vago e inútil. Agora, mais uma vez, precisava levantar para ir tomar água. Que sede era aquela se a comida do jantar não estava salgada? Se desse certo, ia contar isso pro médico no dia da consulta. Acho que não... não resolveria nada. Por que não gostara da cara dele? Só porque não disse o motivo da necessidade de levar um acompanhante? Se fosse alguma coisa mais grave do que o derrame, podia ter dito. Mas não disse. Por isso estava nessa agonia. Melhor enganar a sede e dormir. Mas não dormia. Se virava para um lado, lá estava a sede e a vontade de ir urinar; se virava para o outro, lá estava o médico. No teto do quarto, aquela escuridão angustiante. Se, ao menos, pudesse fechar os olhos acordado... Não podia. Sentia aflição... E o relógio da sala nunca fora tão enervante como agora, com aquele seu tique-taque e cantando as horas inteiras e as meias, no meio daquela noite. Tempo bom foi aquele na Marinha e depois nas construções. Já pensou se o Marreta soubesse que agora usava penico? Até o Felipe acharia engraçado. Riria do avô junto com os peões, quando o Marreta fizesse piada da situação. Agora o quarto do filho só servia para guardar tranqueiras da casa. E logo outro estaria desocupado. A filha já andava comentando sobre ir fazer doutoramento na Europa. Pra que tanto estudar? Podia casar e lhe dar uma netinha ou um menino para brincar com o Felipe. Virou para o lado, onde a lembrança do médico o aguardava, e emendou outros pensamentos de preocupação: já pensou se morresse? Quem iria brincar com o Felipe? Já não podia ficar sozinho. Sentia medo desse novo fantasma. Precisava acordar a Teresa para socorrê-lo.

Dona Teresa também não conseguia fechar os olhos. Por que essa história do médico de o marido voltar acompanhado? Bom sinal não seria. Mas fingia dormir. Não queria que ele percebesse a sua preocupação.

– Teresa!

– Hum...

– Tá dormindo?

– Cochilando.

– Não consigo dormir.

Ela virou para o lado dele. Abraçou-o, como se fosse um filho, e disse com carinho:

– Dorme, querido! Já é tarde.

Trêmulo e com a voz presa em nós na garganta, ele confessou nunca temer nada, mas agora estava sentindo uma coisa tão esquisita, que achava ser medo.

– Bobagem, querido! Você só está preocupado, porque nunca precisou fazer tantos exames. Isso é normal na nossa idade.

– Eu devia ter casado mais cedo, Teresa. Tenho medo de não ver o Felipe crescer.

Segurando as lágrimas que ameaçavam explodir, ela ainda conseguiu fingir que brincava.

– Isso porque ainda fui te arrancar da Marinha. Você era o homem mais bonito que vi em toda a minha vida. Todo fardado de branco...

– É! Bonito agora. Mas você não me deixou continuar.

Quantas vezes, quando ainda era moça, previu que um dia ouviria aquelas palavras? Depois, com o tempo e vendo o marido tão realizado nas empreitadas de construção, esqueceu que teria de enfrentar tal cobrança na vida. Por isso chorou com certo arrependimento.

– Você precisa me perdoar por isso, Amâncio.

– Para, Teresa! Quantas vezes preciso dizer que você foi a melhor coisa que me aconteceu na vida? – E abraçou a velha companheira, querendo ser desculpado pelo que havia dito. – Eu não quis dizer isso. Saiu nem sei por quê.

– Fui muito egoísta. Quis você só pra mim... Tinha ciúmes de você até com o mar. – E continuou a chorar.

Enlaçando-a ainda mais no abraço e depois secando-lhe os olhos úmidos, com o peito farto de felicidade, disse-lhe com gratidão:

– Para me dar os meus filhos e agora o Felipe.

Trazendo felicidade, a lembrança do neto cresceu entre o casal de velhos.

– Tão bonito, né, Amâncio? – E já sorriu no escuro.

– Tudo o que eu sempre quis – suspirou o avô.

– Você já reparou na cara dele, quando você conta essas suas brincadeiras?

– Ele dá significado muito maior pra tudo.

– Tem por quem puxar. Você também não fica atrás. Você é capaz de dizer que o mundo é redondo porque é um grande nariz de palhaço.

– Lembra o dia do gato?

– Claro! Nunca vou me esquecer!

Uma noite, estavam os dois observando estrelas quando do telhado pulou um gato. Felipe, que é louco por cachorro e gato, se encantou. O avô inventou que o nome do gato era Anastácio e o chamou. O gato atendeu e aceitou os seus afagos e continuou entre eles, subornado por uns pedaços de carne, que o avô pediu para a avó trazer. Mais que depressa, Felipe quis saber de onde o avô conhecia o gato. E, como sempre, o avô inventou que aquele gato era neto de um gato que ele tivera quando era criança.

– E como se chamava o vô do gato, vô?

– Também se chamava Anastácio.

– E cadê ele?

A primeira coisa que passou pela cabeça do avô foi responder que havia morrido. Mas achou melhor não dizer isso e disfarçou:

– Não é bonito? – perguntou, alisando os pelos do gato.

– Queria esse Anastácio pra mim.

– Então fica com ele.

– Meu pai não deixa.

– Mas eu deixo. Ele fica morando aqui na minha casa.

Nisso o gato deu um salto e foi correndo para outro telhado.

– Foi embora, vô... – O menino lamentou a perda.

– Foi casar com uma gata. E depois volta.

– Você conhece a gata, vô?

– Não. Mas o meu pai sempre dizia que os gatos se casam na lua cheia.

– E quando ele vai voltar?

– Quando a lua estiver quarto minguante e o casal não couber mais dentro dela.

Felipe não acreditou muito nessa história de casal de gatos morando na lua cheia. Entretanto, toda vez que era quarto minguante, o avô levava uns pedaços de carne para a lavanderia, que fica perto do telhado, e o gato aparecia. Aí chamava o neto para constatar a presença do gato e a fase da lua:

– É quarto minguante, né, vô?

Assim entre uma e outra história do neto, a figura do menino foi crescendo e brincando ali entre os avós. A vida foi se instalando, novamente cheia de prazer, até o galo cantar a madrugada. Nessa hora, o avô, já se sentindo forte por dentro, apanhou a mão da avó, como não fazia havia muito tempo, e pediu:

– Quer se casar comigo de novo?

– Só se você me der uma casa na lua cheia – respondeu ela docemente.

Ainda bem que hoje é sábado

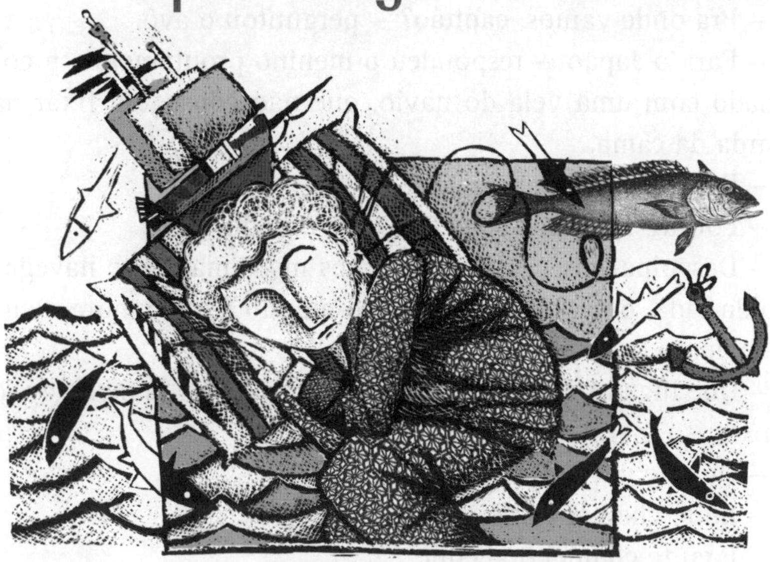

Quando, de manhã cedo, Felipe invadiu o quarto e a alma do avô, este nem esperou para ser cutucado. Entusiasmado, abraçou o neto contra o peito, puxando-o para a cama, e disse:

– Bem-vindo a bordo, capitão!

– Já sou capitão, vô? – admirou-se o menino, que demorara mais tempo para ser promovido de índio a cacique.

– Claro! Desde o primeiro dia que fizemos este navio.

– Mas eu era marujo.

– Por velhice deste seu avô. Um menino esperto como você não demora mais do que cinco minutos para ser capitão.

– É que eu não sabia dar os nós, né, vô? – ponderou o menino, mais para si mesmo.

– Mas agora já sabe. Pronto! É capitão e não se fala mais nisso.

Nessa altura, já haviam levantado âncoras, enfunado as velas e o peito de esperança. Quando se faziam ao mar, uma leve aragem marítima acariciou-lhes o rosto, prometendo bom tempo. Da amurada do navio, o menino espalhou a notícia de que uma gaivota seguia a embarcação, para comer uns farelos do seu pacote de bolacha do café, que, de vez em quando, caíam da sua mão e o vento varria do convés para o mar.

– Pra onde vamos, capitão? – perguntou o avô.

– Para o Japão – respondeu o menino prontamente, preocupado com uma vela do navio, que não conseguia fixar na guarda da cama.

– Por que o Japão, capitão?

– Porque é o lugar mais longe do mundo.

– Desculpa-me, capitão! Mas, nos meus mapas de navegação da vida, o lugar mais longe do mundo é onde mora o entendimento.

– Que lugar é esse, vô? – questionou Felipe, já ostentando um sorriso maroto.

– Do que você está rindo, Felipe?

– Eu te chamei de vô.

– E eu te chamei de Felipe.

E, com cumplicidade, riram daquele pedaço de realidade que lhes entrecortava a fantasia uma vez ou outra. No entanto, como "navegar é preciso" – conforme disse o poeta –, voltaram ao mar:

– Se agora eu sou o capitão, você é o quê, vô?

– Vô! É o título mais importante do mundo.

– Mas estamos num navio...

– Claro. Mas, agora, já sou, simplesmente, um avô que tem o privilégio de acompanhar o seu neto capitão pelos quatro cantos do mundo. Pode ter alguém mais feliz?

Num ímpeto de emoção, o menino beijou o avô, sem saber por que o beijava. Naturalmente, deixou-se navegar pela vontade. Invadindo aquelas águas territoriais do amor dos dois, a avó apareceu trazendo chá para o avô, e também quis um beijo do novo capitão.

– Como você veio até aqui, vó?

Sem pestanejar, ela percebeu que o *aqui* do neto significava o alto-mar. A avó estava a muitas milhas da costa, invadindo um navio, por isso precisou tirar velhas cartas da manga do vestido da vida para responder à altura do capitão que a interpelava:

– Tenho os meus truques, capitão. Esta velha, que os seus olhos veem, quando era moça, foi buscar, em um mar mais alto do que este, esse velho capitão, aí do seu lado.

– Como você foi buscar o vô, vó?

A avó ficou indecisa. Por isso, o avô se antecipou:

– Ela tinha um avental de prata, que me atraiu como se fosse um ímã.

– Avental de prata, vô?

– Bordado de estrelas.

– Estrelas de verdade?

Fugindo da conversa, que cada vez ficava mais complicada, a avó piscou um olho para o marido e saiu sorrindo.

Por sorte do avô, uma vela se desprendeu do alto de um dos mastros e entreteve o neto, que a queria fixa. Livre da necessidade de resposta, o avô pôde se recostar na guarda da cama e apanhar a sua xícara de chá, que ergueu, fazendo o convite:

– Capitão, será que não poderia vir até o meu camarote para tomarmos uma xícara de chá juntos?

– Tô manobrando o navio... – respondeu o menino, levantando um lençol, que era a grande vela caída.

– Ora, deixa de bobagem, capitão! Estamos na rota certa da Espanha.

– Da Espanha? – estranhou o menino, que navegava para o Japão.

– Exatamente! Da mesma Espanha de onde veio o meu avô.

– Você já teve vô, vô?

– Claro, garoto! Ou você pensa que já nasci assim enrugado e de cabelos brancos?

– E o teu vô veio da Espanha?

– Veio fugido num porão de navio.

— Conta, vô! — empolgou-se Felipe, recostando-se num travesseiro ao lado do avô.

— Naquela época, na Espanha, as coisas não iam nada bem. Quem tinha alguma coisa ainda comia; quem não tinha passava fome, enquanto o rei fazia festas e banquetes no seu palácio, esquecido da situação do seu povo.

— Existia rei de verdade?

— Por quase toda a Europa. Mas, como o pai do meu avô não fazia parte da nobreza espanhola, resolveu vir com a família para o Brasil, pois diziam que aqui se recolhia dinheiro com enxada.

— Verdade, vô? — A imagem de dinheiro jogado nas ruas instigava muito o menino. Ele já via as ruas cobertas de dinheiro, que entupia até os bueiros. Se fosse com ele, pegava um monte e comprava um barco de verdade. Ah, também uma bicicleta de pneu de ar.

— Não. Era só um jeito de dizer lá na Espanha, pois quem tinha braços fortes podia vir trabalhar nas lavouras de café do Brasil e ganhar mais dinheiro do que lá. Foi por isso que o pai do meu avô decidiu vir pra cá com toda a família, porque além dele, que ainda tinha os braços fortes, os filhos já eram quase moços, e trabalhando juntos poderiam fazer fortuna e voltar para a Espanha muito ricos. Ricos até para irem aos banquetes do rei lá no palácio — exagerava o avô, conhecedor de quanto algumas palavras ou circunstâncias faziam os olhinhos do neto brilharem.

— Puxa, vô! Conta mais...

— E você vai deixar o navio sozinho, só para escutar histórias do meu avô? Lembre-se de que estamos em alto-mar.

— Antes de vir ao seu camarote, liguei o piloto automático.

— Certo, capitão! — o avô elogiou-o e já foi esticando as pernas, para ficar mais confortável. — Podemos navegar sossegados, como não navegou o coitado do meu avô.

— Por que ele não navegou sossegado?

— Porque, quando o pai do meu avô foi embarcar com toda a família, o governo não deixou o meu avô vir para o Brasil.

– Por quê, vô?

– Porque estava com quase dezoito anos e, nessa idade, tinha que servir ao rei.

– Fazer o quê? – A palavra *rei* ainda era mágica para o menino. Por isso ele pedia confirmação.

– Servir ao rei. A mesma coisa daqui do Brasil: quando os rapazes chegam a essa idade têm de servir à pátria no Exército, na Aeronáutica ou na Marinha.

– Quando eu for grande, vou ser capitão da Marinha, né, vô?

– Sei lá, Felipe. O importante é você ser feliz. Aprenda bastante sobre muitas coisas e depois decida.

– Já sou capitão, né, vô?

Surdo de emoção, o avô nem ouvia o neto. Com os olhos fechados, embarcara em lembranças e voltara à infância. Menino, sentava-se no colo do avô e ficava escutando a velha história:

– *Me quedei na Espanha, muerto de recuerdo de mío padre, mía madre y dos mios hermanos...*

Palavras estranhas para Felipe que, mesmo prestando muita atenção, não conseguia repeti-las em forma de pergunta.

– Não tô entendendo nada!

Tão grande foi o susto que o menino Amâncio se tornou velho novamente. E, como de costume, tudo foi tão rápido que o neto nem percebeu o acontecido mágico que muitas vezes tomava o avô. Ainda era muito menino para perceber essas coisas. O tempo seria o seu mestre, concluiu o avô, ainda recolhendo os cacos do menino quebrado dentro dele mesmo.

– Eu estava dizendo que o meu avô ficou sozinho na Espanha, com muita saudade do pai, da mãe e dos irmãos dele, que vieram para o Brasil.

– Coitado, né, vô?

– Coitado, nada, Felipe. Ele era muito esperto e logo bolou um plano, junto com outros rapazes da sua idade, para fugir para o Brasil.

– Fugir do rei, vô? – empolgava-se.

– Exatamente. No dia combinado, foram ao porto e embarcaram, às escondidas, num navio que viria para o Brasil e para a Argentina. Mas antes de o navio zarpar chegaram os soldados do rei, armados até os dentes, para capturar todos os fugitivos...

– E prenderam o seu vô, vô? – O coração do menino palpitou de medo e suspense.

– Quase! – respondeu o avô, mantendo a interrogação nos olhinhos empolgados do neto. – Os soldados foram jogando uns ganchos nos rapazes fugitivos, que estavam tremendo de medo e escondidos no porão do navio...

– Assim... os ganchões? – perguntou o menino, com a mão fazendo concha e os dedos em garra.

– Muito maior que isso.

– Bem grandão mesmo, né? Do tamanhão do bração do meu pai, né, vô?

– É. Os soldados do rei só não prenderam o meu avô porque ele era um rapaz, como eu já falei, muito esperto. Em vez de ficar escondido e tremendo como os outros, no porão, foi para a caldeira do navio e começou a alimentá-la com carvão, assoviando uma música, bem alto. Daí, quando os soldados passaram perto dele com aqueles ganchos enormes, acharam que ele fazia parte da tripulação do navio, porque pensaram que quem estivesse fugindo não ficaria assoviando.

– Que legal, vô, que era o seu vô!

Diante da empolgação do neto, o avô só tomou um fôlego e continuou:

– Até aí, tudo estava dando certo para ele. Terrível foi quando, com o navio já em alto-mar, no meio do oceano Atlântico, o capitão descobriu que o meu avô não fazia parte da tripulação. Era um fugitivo do rei da Espanha. Por isso merecia o pior castigo marítimo de todos os tempos, que é ser jogado do navio para os tubarões comerem. Aí... – Uma forte crise de tosse interrompeu-lhe as palavras.

Com grande ansiedade, Felipe aguardava para saber o que acontecera. A tosse parecia que vinha de propósito, bem naquela parte da história. E não melhorava. Milhões de tubarões já destroçavam pedaços do seu tetravô. Além do mais, se a avó escutasse o avô tossindo daquele jeito, ia fazê-lo levantar-se da cama e tomar xarope, bem naquela hora. E com isso ia demorar mais ainda. Por que esse vô, cabeça dura de teimoso, não tomava xarope quando a vó mandava? Sorte do avô foi a tosse ter parado, senão a expectativa do Felipe era capaz de trucidá-lo, do mesmo jeito que os tubarões deviam ter feito com o vô do vô.

– Daí... – Ainda meio sem fôlego, limpou o pigarro e continuou: – O meu avô contou a sua história para o capitão do navio. Disse que não estava fugindo do rei apenas por fugir. Estava indo ao encontro do pai, da mãe e dos irmãos, que estavam no Brasil. E aquele grande capitão argentino, do alto do seu metro e oitenta e nove, deu a sentença:

– Este é um navio de bandeira argentina. Portanto não estou a serviço do rei da Espanha. Não devo a esse monarca nenhuma satisfação sobre os seus fugitivos. Se ele tratasse bem o seu povo, ninguém iria querer fugir. Além do mais, a Argentina é um país livre, independente e soberano...

Felipe não sabia o que era um país livre, independente e muito menos soberano, mas também não ia interromper o avô para saber, justamente agora. Queria mesmo o final da sentença.

– ... Por isso, se você continuar se comportando direito, pode ir até o seu destino – continuou o avô. – Meu avô, que sempre foi um homem de bem, soube reconhecer aquele gesto de justiça do capitão e acabou até se tornando muito amigo dele. Quando o navio atracou no Brasil, o capitão ainda tentou convencer o meu avô a ir morar na Argentina. Disse que aqui era terra de macacos e onças. Mas o meu avô respondeu:

– Estou muito agradecido ao senhor, capitão, mas o meu destino é aqui no Brasil.

– Puxa, vô! – O menino suspirou fundo e relaxou, extasiado. – Toda história de vô é bonita mesmo, né, vô?

– É porque ela está no sangue da gente. É história de um parente muito próximo. Por isso, nesta história não precisei inventar nada.

– O seu vô também é meu parente?

– Claro! Foi dele que nasceu a minha mãe, depois eu, de mim nasceu o seu pai e, por último, de todos nós nasceu você, garotão.

– Então, ele era pai... – complicava-se o menino nos primeiros galhos da sua árvore genealógica.

– Da minha mãe... – ajudou o avô e, de tão empolgado que estava de ter viajado por aquelas memórias, continuou: – ...porque o pai do meu pai também tem uma história interessante. Também nasceu na Espanha. Nas Astúrias, que resistiram à invasão dos mouros, povo que dominava quase toda a Espanha naquela época. Exatamente por essa informação, até hoje não consegui entender por que a nossa família tem esse nome de origem árabe... – E ficou refletindo sobre possibilidades que avançavam e retrocediam com o erro diante da história.

Foi quando ele estava na Idade Média que a avó entrou no quarto.

– Você não vai levantar hoje, Amâncio?

– Já vou, já – ele respondeu, retornando, precipitado, aos dias atuais. – Só vou terminar de contar esta história pro Felipe.

A avó olhou o seu velho companheiro, ainda tão menino, e se pôs de joelhos para acariciar-lhe o rosto.

– O Felipe dormiu, querido.

Surpreso, o avô olhou para o neto dormindo. Não poderia adivinhar-lhe os sonhos. Sabe lá por onde navegava agora aquele pequeno capitão que, em vez de uniforme da Marinha, trajava pijama; em vez de navegar no espaço, navegava no tempo.

– Quase meio-dia, Amâncio – informou a esposa.

– Ainda bem que hoje é sábado. – E, num pulo decidido, levantou-se da cama, totalmente esquecido dos exames médicos.

O homem que entendia de chuvas

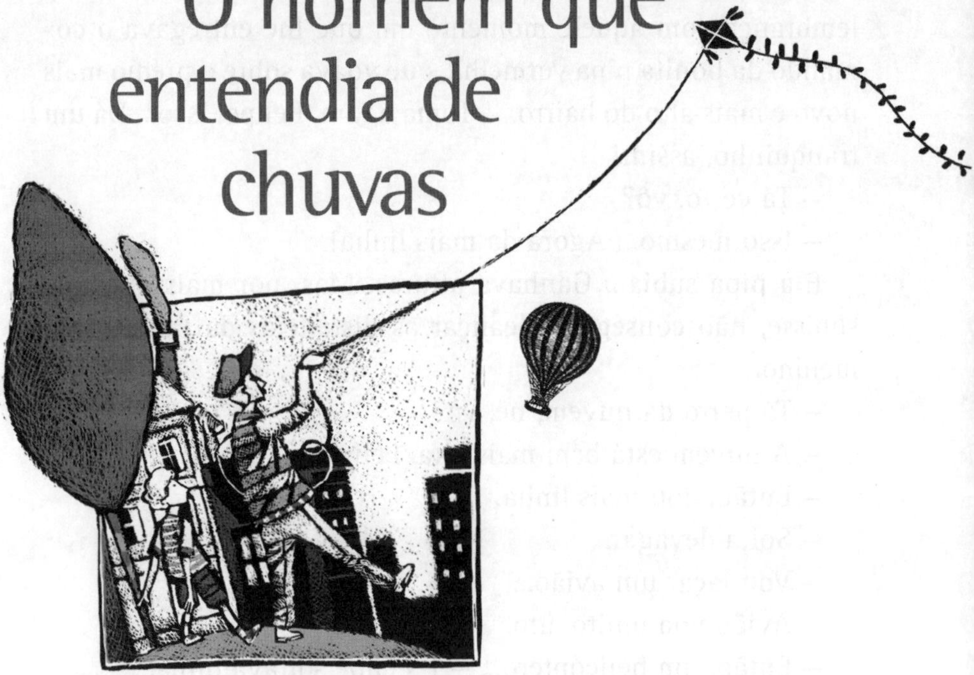

Era tempo de as pipas povoarem o céu. O bairro havia crescido muito. Seus meninos de antes tinham se transformado em homens barbados e, depois de terem casado, pouquíssimos, além do pai do Felipe, ficaram morando ali. O tempo os levou para outros mapas. Quem ficou já não tinha os terrenos baldios, nem as ruas sem trânsito, para os filhos brincarem. Os poucos terrenos vazios e as casas mais modestas que resistiram ao tempo deram lugar aos prediozinhos, que chegavam depois dos sobrados, posteriores ao tempo das casas com grandes quintais, como ainda era a casa dos avós do Felipe. “Quem diria que mudaria tanto?”, observavam os antigos moradores, que agora pouco se encontravam. “O bairro está crescendo para o céu, seu Amâncio”, comentou um amigo certo dia. E como Felipe estava junto, correndo olhou para cima:

– Não tô vendo nenhuma casa voando, vô.

– Olha lá, Felipe! – disse o avô, rindo da simultaneidade da lembrança com aquele momento em que lhe entregava o comando da bonita pipa vermelha, que voava sobre o prédio mais novo e mais alto do bairro. – Toma agora, Felipe! Isso... Dá um tranquinho, assim!

– Tá certo, vô?

– Isso mesmo... Agora dá mais linha!

E a pipa subia... Ganhava alturas. Mas, por mais alto que subisse, não conseguia alcançar as distâncias da fantasia do menino.

– Tá perto da nuvem, né, vô?

– A nuvem está bem mais alta, Felipe.

– Então, dou mais linha.

– Solta devagar.

– Vou laçar um avião...

– Avião voa muito alto.

– Então, um helicóptero... – E Felipe soltava linha...

– Cuidado, Felipe! – gritou o avô tomando-lhe o carretel e enrolando um tanto de linha rapidamente. – O menino vai laçar a nossa pipa.

– Brincando um pouco, Amâncio?

– Este é o meu neto, Volta Seca – apresentou-o como justificativa por estar brincando e continuou fugindo de ter a pipa laçada. – Tudo bem com você?

– Estou dando uma volta. Tive um derrame sério. Me paralisou este lado – respondeu o homem batendo na perna direita.

– O dia está bom mesmo pra andar.

– É... – murmurou o homem olhando para o céu para sentenciar em seguida: – Mas logo chove.

Já fora de perigo de a pipa ser laçada, o avô passou o carretel para o neto.

– Toma cuidado!

Preocupado com a permeabilidade do papel de seda da pipa e, consequentemente, com o fim da brincadeira, o menino quis confirmação:

– Vai chover, vô?

O avô olhou para o céu. Constatou que estava claro. Com aquele frio de início de agosto, nenhuma nuvem podia ameaçar a pipa que fizera para o neto. Ele era um homem experiente em compreender os sinais da natureza. No seu currículo de vida profissional, sempre dependeu do conhecimento do tempo. Um homem do mar e de construções tem na chuva uma inimiga. Por isso, sabe reconhecê-la a distância. Pura bobagem daquele amigo malcheiroso. Conhecia bem a sua história de horror à água. Contaram-lhe que, antes de ele ser aposentado, trabalhava numa indústria química e, ao final da jornada de trabalho, ia com os colegas ao vestiário, despia-se, abria o chuveiro e simulava banhar-se. Entretanto, sempre voltava seco. Disso resultou o apelido de Volta Seca. No mínimo, com a velhice, o medo de água crescera tanto que já enxergava chuva em nuvens claras. Por isso, respondeu ao neto:

– Não acredito.

Contudo, reafirmando a sua previsão, o tal de Volta Seca aconselhou:

– Pode enrolar a tua linha, garoto! – Dando-lhe uns tapinhas, acrescentou: – Não erro nunca. – E, com pressa, despediu-se: – Até outra hora, Amâncio.

– Vamos bater um papo, Volta Seca! – disse o avô, tentando detê-lo.

– Não posso. Vai chover já, já.

– Quer apostar?

Mas o homem já ia longe para responder.

– Tá puxando, vô!

O avô pegou na linha, percebeu o vento e surpreendeu-se com a mudança do tempo.

— Não vai chover, né, vô?

— Não sei. Vamos enrolar a linha.

A pequena praça em que estavam era longe da casa deles e, de súbito, a chuva os apanhou no caminho. O avô tentou encontrar um lugar para se abrigarem. Parecia que o mundo todo fechara as portas, com medo da tempestade. Nenhuma marquise à disposição, nenhum toldo, nenhum beiral avançado para a rua que pudesse salvá-los. Embaixo das árvores, eles corriam o perigo dos raios. Então, o avô se esqueceu da idade, lembrou-se do seu tempo de menino, e seguiu brincando na enxurrada com o neto.

Quando chegaram, a avó quase teve um ataque nervoso. Nunca vira um homem tão sem juízo. Onde já se viu, com aquela tosse, tomar tanta chuva? Se não bastasse isso, ainda levava o neto. O avô só podia estar caduco antes do tempo. Ela não seria cúmplice de tamanha criancice. Contaria o acontecido para o filho e para a nora. Não tomaria mais conta do Felipe. Não podia ser responsável pela educação e saúde do neto, que não largava daquele avô com menos juízo do que ele.

O avô quis explicar que foram surpreendidos pela chuva e não tiveram outra solução. No entanto, indignada como estava, a avó ficou dona da palavra. Então, o avô, levando o neto para o chuveiro, disse que o que não tem remédio remediado está.

— Você não consegue entender, Amâncio, que a sua tosse pode piorar? Cair doente na cama?

O avô alçou os ombros e fechou a porta do banheiro com a avó falando sozinha do lado de fora. Ela havia exagerado, dramatizado demais um acontecimento inevitável. Não devia ter falado tanta besteira na frente do menino. Falasse depois só pra ele. Sabia que ela se preocupava com sua saúde, mas tudo tem limite. O que estaria pensando o neto diante disso tudo? Não precisava pensar muito. Felipe sempre virava a casaca quando via a avó preocupada com aquela maldita tosse, que não o largava mais. E dito e feito:

– O homem que entendia de chuva te avisou, vô... – E fez bico de choro.

O avô não respondeu nada. Não ia paparicá-lo com explicações. Haveria de aprender a viver com um avô tossindo o tempo todo e uma avó que parecia não ter mais o que fazer a não ser se preocupar com a tosse dele. Por isso, de cara feia, colocou o dedo indicador no sentido transversal da abertura da boca e o fez calar:

– Psiu!

Fluxo e refluxo

Por que fora tão autoritário com o neto? Como pudera chegar ao ponto de mandá-lo calar a boca? Que estupidez a sua! Queria pedir desculpas ao menino. Não conseguia. A raiva crescia. Raiva de quem? Daquele vira-casaca? Nem pensar tamanha bobagem. Ele ficava do lado da avó porque o amava. Raiva da Teresa? Nunca experimentara esse sentimento em relação à esposa, que amava, e com quem vivera todos aqueles anos de paixão, amor e amizade. Outra noite mesmo, repedira a sua mão em casamento. Raiva de si mesmo? Estava de consciência tranquila. Fora, mais uma vez, vítima da chuva, que tantas vezes lhe estragara metros e metros de reboco fresco, cimentados de calçadas e enchera valas de futuros alicerces. Provavelmente, não pensaria do mesmo jeito se, na vida, em vez de marinheiro e construtor, tivesse sido um agricultor, que espera a chuva para sua semeadura. Contudo, pedir desculpas não conseguia. Por isso, entrou no quarto e não saiu mais. Arrumou a cama e foi dormir sem jantar. Amanhã seria outro dia e a tempestade já haveria de ter passado.

A avó também estava naufragada nesse fluxo e refluxo de pensamentos. Afinal, fora muito dura. De onde saíram aquelas palavras? Ela havia desacatado o marido. Praticamente o chamara de moleque. Nunca pensara que seria capaz de chegar a tanto. E ainda pôs minhoca na cabeça do neto. Claro que sim! Por isso ele estava mudo, deixando-a vestir-lhe o pijama. Não falava uma palavra sequer. Também, por que não esperaram a chuva parar? Doente do jeito que o Amâncio estava, aquilo era um suicídio. Agora estava emburrado. Nem quis jantar. Foi dormir sem, ao menos, dizer boa-noite. Fechou a porta do quarto, deixando o Felipe do lado de fora, com aquela carinha de choro. O menino não tinha culpa de nada!

– Dona Teresa, tô entrando – anunciou a nora e correu para abraçar e beijar o filho.

– De pijama! Como está ficando comportado o menino da mamãe!

Felipe olhava para o rosto da avó, certo de que a qualquer momento uma bomba se projetaria da sua boca. Agora era a hora. Ela contaria tudo. Também ia dizer que não queria tomar mais conta dele. E o danado do vô foi dormir. Nem ficou para defendê-lo. E depois dizia ser seu melhor amigo. Belo amigo... foi dormir bem naquela hora... "Também virei a casaca" – ponderava. O vô não teve culpa. Mas ele podia ter escutado o homem que entendia de chuva.

– E o vô, querido? – perguntou a mãe.

Sem saber o que responder, ergueu os ombros, como dizendo "sei lá". A avó percebeu a situação constrangedora do menino e veio em seu socorro.

– Foi dormir mais cedo.

– Já? – admirou-se a nora, olhando para o relógio de pulso, confirmando as horas.

– Estava um pouco cansado – mentiu a avó.

– Vamos, mãe! – pediu Felipe, puxando-a em direção à porta.

– Nossa, que novidade! – estranhou a mãe. – Querendo ir embora?! Vai fazer sol de noite.

– Vamos, mãe! – o menino insistiu quase implorando.

Foi o momento de a avó demonstrar que não estava zangada com ele e, com isso, aliviar-se um pouco da culpa que sentia:

– Não vai dar o meu beijo?

Confuso, o menino beijou a avó e foi para casa "queimando os miolos", como dizia o avô quando estava pensando muita coisa que não dava certo.

A febre

Preferia ajustar empreitadas de construções novas.

Por mais que cobrasse por uma reforma, o perigo do mau negócio sempre estava escondido atrás de uma parede para ser demolida, no madeiramento podre ou cheio de cupins sob as telhas para serem trocadas, no esgoto entupido na hora da instalação de uma nova pia. Todavia, pela oportunidade de garantir as mensalidades de um ano do colégio do filho, pegou aquela reforma. A pior empreitada que ajustou na vida.

Quando entrou no forro da casa, encontrou um verdadeiro emaranhado de canos d'água. Era cano para todo lado. Canos que iam e vinham. Alguns até formando perfeitos círculos, levando e trazendo a água para o mesmo lugar. O forro lembrava mais um ninho de pássaros feito de canos do que instalação hidráulica de residência. Como não conseguia entender tudo aquilo, apanhou uma serra e foi cortando o que julgava absurdo. Cortava aqui, punha um tampão lá. Serrava, colava, emendava, *pluguiava*, tampava... – e a água vazava. Vazava sem que ele pudesse dar conta da origem. Aos poucos, a casa foi deixando de ser casa. Foi virando uma fonte de praça. Tentou procurar a válvula de entrada. Não encontrou. Deu um pulo até a cozinha, apanhou panelas e caldeirão, que não deram conta de tanta água. Buscou dois baldes, que foram insuficientes. Instalou uma bomba e nada de conseguir secar aquele mar, que se avolumava. E, como não conseguia dar jeito naquilo, começou a achar divertido. A casa foi deixando de ser casa. Tornou-se simplesmente uma imagem distorcida no fundo de uma fonte. E de tão divertido que estava chamou o filho, ainda menino, para brincar com ele. O filho não veio. Jamais gostou de construção. Com muita insistência, foi algumas vezes, quando ainda era muito pequeno. Mas, desde o dia em que tomou um banho de um esgoto, nunca mais ninguém conseguiu convencê-lo a acompanhar o pai. Entretanto, sem respeito pelo tempo do próprio pai, que continuava menino, apareceu o Felipe, para brincar com o avô naquele mundo d'água.

Por que o filho nunca vinha? Por que rejeitava tudo de que ele gostava? Não entendia. Um dia, queixou-se com a Teresa. Ela disse que cada um seguia o seu caminho. No entanto, se a opção do filho eram os estudos, por que não resolvia ser engenheiro, arquiteto ou capitão na Marinha? Era isso o que sonhava para o filho. Mas ele queria ser um profissional de informática. Negócio mais estranho para a sua cabeça não havia. Que graça podia ter viver de paletó e engravatado, sentado em frente a uma máquina? Bom era viver a céu aberto... abrir a camisa e deixar o vento bater no peito suado. O neto, sim, gostava do que ele gostava. Tão bom brincar com Felipe naquela fonte de água! Nisso, a figura do filho começou a crescer ali na água. Quanto mais crescia mais afundava. E tudo que ia para o fundo da fonte virava casca. No início, a imagem do filho, ainda menino, apenas se misturava com as manchas de limbo. Quando virou homem adulto, foi se transformando em cascas, que se precipitavam no fundo da fonte e solidificavam-se num cascão inquebrável. Por mais que lutasse, não conseguia reverter a situação. Queria puxá-lo para fora da fonte. Mas os seus braços eram curtos para alcançá-lo no fundo em que se precipitava... Ninguém podia ajudá-los. Inevitavelmente, o filho ia se transformando, sob os seus olhos de velho, num cascão precipitado e irremovível. E de nada adiantaria tentar reformar a fonte, porque o cascão não se desprenderia. Nem com talhadeiras conseguiria tamanha façanha. Nisso, Felipe se interpôs entre os dois. Segurou na mão do avô, mergulhou a outra para a profundeza da fonte, agarrou na mão do pai e puxou-o. Mesmo sentindo toda a força do neto, o avô não acreditava que pudesse ter novamente o filho. Entretanto, o filho do filho, aos poucos, foi lhe trazendo de volta o filho perdido. E quando conseguiu, todos riam... riam. E rindo escutou a voz da esposa, chamando-o, em tom baixo e doce:

– Amâncio...

– Vem, Teresa! – convidou-a para brincar. Podiam dançar sobre as águas. Há quanto tempo não dançava com ela?

– Você está ensopado, querido!

– Tá gostoso, Teresa. – Já dançava orgulhoso, com a esposa nos braços.

– Acorda, querido!

– Hã... – Teve um sobressalto e sentou-se, assustado, na cama.

Suavemente, Teresa abraçou-o pelas costas:

– Você está delirando, Amâncio.

O espetáculo continua

A febre durou a noite toda. Só de madrugada foi que abaixou.

De manhã, a avó abriu a porta da cozinha, que dava para o fundo da casa, e um cheiro de café fresco chegou até Felipe junto com uma bronca:

– Você pulou o muro, Felipe? Não pode! Qualquer hora você acaba se machucando...

Nessa altura, o avô tossiu lá no quarto e a avó continuou fazendo o seu discurso, talvez para o Veloz, que permaneceu deitado sobre a grama, porque o neto não escutou mais nada. Invadiu a casa, gritando:

– Vô! Vô...

– Felipe! – respondeu o avô.

– O seu avô está doente – precipitou-se a avó a dizer para o menino, que já rolava na cama, nos braços do avô.

– Tá doente, vô?

– Doente está o juízo da minha velha.

– Ah, seu ingrato! – retrucou a avó, que veio atrás do neto. – Quem não me deixou dormir um segundo a noite inteira?

O avô não respondeu nada. Estava muito engasgado com a tosse. A avó desistiu dos dois e voltou para a cozinha.

Preocupado com o avô, o menino reprimiu um choro, pois preferia mantê-lo clandestino no nariz. No entanto, percebendo que não teria êxito, escondeu-se embaixo das cobertas.

O avô notou a emoção do neto. Todavia, fingiu ignorá-la. Entrou debaixo das cobertas, que levantou com as pernas, e anunciou um fantástico circo, com grande entusiasmo:

– Senhoras e senhores,
moças bonitas e rapazes cavalheiros,
meninas e meninos do Brasil,
enfim, querido público presente,
boa noite!
Nesta noite, temos o orgulho de apresentar
um espetáculo eletrizante,
um espetáculo emocionante,
diretamente da África: o grande rei das selvas! Tcham, tcham, tcham, tcham...

– Vamos! – ordenou o avô em voz baixa, cutucando Felipe por debaixo das cobertas. Todavia, o menino não lhe obedeceu. Não deu seu urro de leão nem rompeu de sob as cobertas, como habitualmente fazia. Desapontado, o avô voltou ao público e insistiu:

– Querido público presente,
queira desculpar a nossa falha técnica.
Acreditamos que o nosso leão esteja
cansado da viagem que fez da África.
Por isso, vamos tentar de novo. Querido público presente...

E enfiou a cabeça embaixo das cobertas:

– Pra que essa tromba de elefante? Desse jeito, você vai estragar o espetáculo dessa trupe maravilhosa de artistas que, gentilmente, veio se apresentar aos tripulantes do nosso navio.

– Você tá doente, vô?

Descobrindo o rosto para fugir da pergunta cara a cara, o avô voltou ao público, com a voz emocionada:

– Querido público presente,
desculpe a nossa falha!
Queríamos fazer um lindo espetáculo,
no entanto houve um imprevisto
com o nosso leão,
que ainda não sabe da magia
de que, haja o que houver,
o espetáculo sempre continua.
E, como o nosso leão ainda é novo,
não queremos contrariá-lo.
Por isso, passem na bilheteria
e recebam o seu dinheiro de volta.
Mas voltem outro dia!
Da nossa parte, as nossas desculpas
e o nosso muito obrigado.

– Você está chorando, vô? – querendo chorar, perguntou Felipe, saindo de sob as cobertas.

O avô não conseguia encará-lo, por isso abraçou-o contra o peito e fingiu estar bravo:

– Claro, seu bobo! Você estragou o espetáculo!

A dúvida

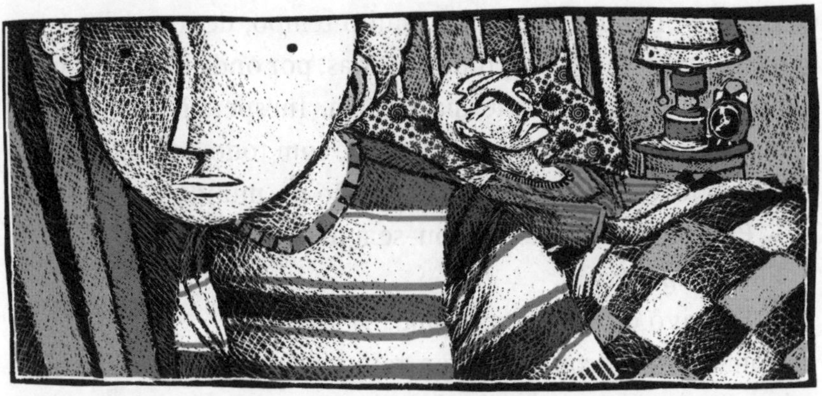

Puummmmmmmmmmmmmmmmm...

Um canhão explodindo dúvidas dentro do menino, e o avô brincando de circo. Melhor mexer, remexer e fuçar no barracão, martelar pregos em retalhos de madeira, desarrumar as coisas mesmo que todos cuspissem fogo. Coisa mais sem graça – sozinho e com o vô na cama.

– Vamos, Veloz! – Felipe montou no cavalo e ameaçou cavalgar no vento. Não ficou satisfeito. Onde estava a graça de brincar com um cabo de vassoura? Jogou-o sobre a grama. Se fosse cavalo de verdade, que aproveitasse para pastar.

Partir no "Foguete Rumo às Estrelas" nem pensar. Duvidava que pudesse sair do chão sem gasolina. Tudo se resumia numa manhã de dúvida. Nada conseguia fazê-lo esquecer do avô doente.

Atravessando a fronteira indígena, resolveu virar índio. Entrou na cabana, tirou a camisa e sobre o peito nu colocou o colar de penas. Por alguns segundos, que lhe pareceram a própria eternidade, esperou o índio esquecer o avô doente. Não conseguindo, virou cacique, pondo o cocar na cabeça. E o cacique também estava triste. Todo mundo só pensava a mesma coisa? Como ia desatar aquele nó no peito? Não sabia. Melhor era ficar ali quieto. Muito quieto. De cocar de cacique e cabeça de menino, ficou sentado, por muito tempo, dentro da sua cabana. E o mundo rodava, rodava... Mas, por onde rodasse, Felipe sempre estava com a mesma dúvida. Inesperadamente, apanhou um apito e apitou muitas vezes, com todo o fôlego da sua dúvida e raiva, para chamar a atenção do mundo.

– Para, Felipe – desesperou-se a avó.

Ele não parava.

– Seu avô está doente, Felipe!

Com raiva, parou de apitar, rapidamente tirou o cocar e o colar, vestiu a camisa, saiu da cabana, sem que a avó conseguisse detê-lo, subiu no muro, com destino à sua casa, e gritou com raiva:

– Por que ele não toma xarope? – E fugitivo daquela dor que sentia pulou para o outro lado.

O mundo fora do eixo

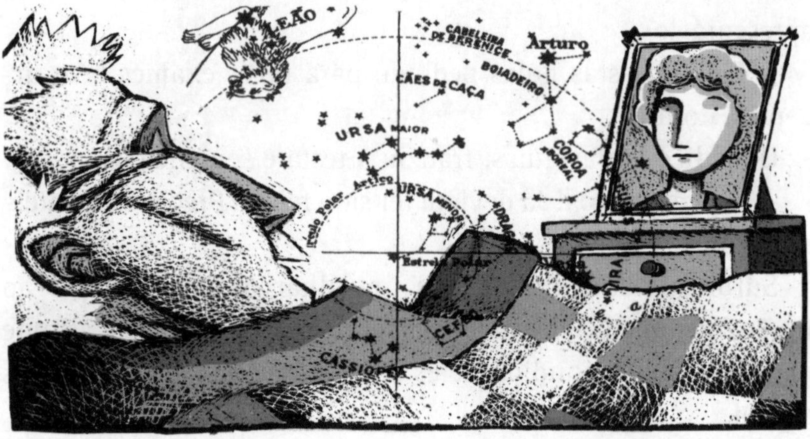

Desse domingo em diante, o mundo começou a sair fora do eixo para aquela família. Imperativa, a febre do avô voltou e, antes do almoço – que não houve –, chegou aos quarenta graus. Sem saber mais o que fazer, dona Teresa foi chamar a filha:

– É um absurdo, mãe! Por que a senhora não me acordou? – protestou Ana Rita, levantando-se de imediato da cama.

– Eu dei um chazinho pra ele, pensei que com isso...

Bruscamente a filha interrompeu a mãe:

– Ah, mãe! A senhora com essa mania de chazinho...

Porém, percebendo que estava sendo agressiva, interrompeu-se. Segurou a mão da mãe, com carinho, entre as suas e foi se desculpando:

– Eu não falei por mal.

– Felipe... Vem, Felipe! – delirando, o avô chamava.

Sem o neto perceber, a avó foi até a casa do filho para chamá-lo. Juntos resolveram levá-lo a um médico.

– De domingo só tem plantonista.

– Vamos procurar um médico particular, mãe.

Com cuidado para os filhos não perceberem, a mãe foi até o armário, enfiou a mão em um vaso, pegou uns papéis e os enfiou, correndo, em sua bolsa. No consultório médico, como não conseguiu impedir que os filhos entrassem, teve de apresentá-los.

– Ele tem estas guias pedindo para fazer exames bem urgentes, doutor.

O médico leu as guias, franziu a testa e sentenciou:

– Urgentíssimos! Já deviam ter sido feitos. Precisamos interná-lo imediatamente.

Surpresa, Ana Rita lançou um olhar de interrogação ao irmão, que apenas balançou a cabeça, desaprovando a atitude da mãe de ter escondido deles aquela necessidade de exames do pai.

Mesmo não tendo visto a cena entre os dois filhos, a mãe se apressou em justificar a sua conduta:

– Meu marido nunca quis preocupar os filhos, doutor.

– A senhora sabe para que são estes exames?

– Ele tomou uma chuva e teve febre, doutor...

– Não! A chuva não tem nada a ver com estes exames. O máximo que pode ter feito é adiantado as coisas.

– É tão grave assim, doutor? – afligiu-se mais dona Teresa.

– Depois dos exames é que veremos. Agora não posso adiantar nada. Por enquanto, tudo é apenas hipótese. O que posso dizer é que estes exames são caros.

– E o INSS, doutor? Não paga? – perguntou a mãe, sentindo-se impotente diante daquela necessidade.

– A previdência social no Brasil é uma bobagem, dona...

– Teresa... – completou ela.

– Eu tenho o dinheiro – disse a filha, afagando as mãos nervosas da mãe.

– Suas economias da vida inteira, Ana Rita... – lamentou a mãe, tentando resistir à oferta, pois conhecia, bem de perto, o sacrifício e o sonho da filha que, desde mocinha, queria se especializar na Europa. E bem agora que estava conseguindo uma bolsa de estudos...

– Fica tranquila! – murmurou a filha, interrompendo-lhe os pensamentos e apertando-lhe a mão.

– É o seu sonho, filha...

Silenciosamente, constrangido diante da mãe e da irmã, Alfredo lamentava ter comprado o sobrado onde morava. A entrada lhe comera todas as economias. Metera-se em prestações insuportáveis. Podia ter ido morar em outro bairro mais distante. Nessa altura, a mãe, adivinhando-lhe os pensamentos, da cadeira em que estava, alongou o braço e o tocou, com orgulho de ter um filho que fizera a vontade do pai.

– Sempre foi o sonho do seu pai ter o Felipe por perto.

Comovidos, silenciaram, enquanto o médico, indiferente àquele drama corriqueiro de família, continuava preenchendo o pedido de internação.

O naufrágio do navio

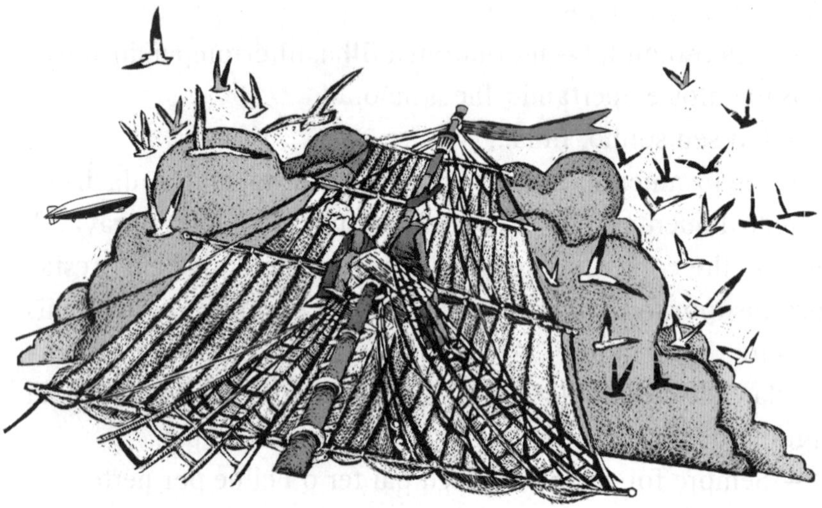

Misterioso e arredio da casa dos avós, Felipe enfrentou os dias de internação do avô. Não fez nenhuma pergunta; no entanto, escondia-se atrás dos móveis e portas, para ouvir as conversas. A mãe tirou uns dias de férias vencidas para ficar com ele. Carente da presença do avô, o garoto inventava pretextos para não ir à escola. Acabou com o tênis novo, de tanto chutar tudo que lhe aparecesse na frente. Ouviu a mãe dizer pro pai que ele andava chutando o mundo. Devorava o que havia de melhor para comer e, cinicamente, dizia ser um rato que estava morando na geladeira. Obstinado, resistiu a visitar o avô no hospital.

– Você sempre disse que lá não é lugar de criança – retrucava, quando a mãe insistia.

Internado, saudoso e distante, o avô procurou entender a fuga do menino. No entanto, quando voltou para casa e o neto não foi vê-lo, não pôde mais suportar a ausência dele. Contrariando todos os conselhos e recomendações médicas, reuniu suas poucas forças e foi ao seu encontro. Com os olhos baixos, o neto fingiu-se de doente. Para convencê-lo a sair da cama, o avô o convidou a zarpar para os mares do norte.

– Não, vô! Tô com enjoo – inventou como desculpa.

Decidido no seu intento de ajudá-lo a sair daquele mar de tristeza, o avô puxou as cobertas, segurou-lhe as pernas e com voz de capitão ordenou:

– Vamos! Que quem é do mar não enjoa.

Como centelhas vivas de esperança, os olhos do menino brilharam como antes. Levantou-se da cama e foi com o avô para o mar. Agora estava certo de que os adultos não estavam mentindo: o avô não tinha nada.

Na casa dos avós, a cama esperava os dois. Na verdade, já não era mais o navio de antes. Oportunistas, muitas cracas agora viviam incrustadas no casco. Aproveitaram-se daqueles dias em que o navio ficou atracado, por causa da ausência de capitão. Mesmo sabendo disso, o avô reuniu toda a sua tripulação de esperança, para não decepcionar o neto. Contudo, uma avalanche de tosse sacudiu violentamente o navio. Impotente diante daquela ressaca dos seus pulmões, o avô não conseguiu capitanear a situação e a embarcação bateu por inúmeras vezes nas pedras do cais da certeza recente do menino. Quando a maré abaixou, o casco do navio já raspava a areia e ficou encalhado. Para evitar o naufrágio, o avô tentou abrir as velas. O vento estava parado e, consequentemente, continuaram murchas e escorridas nos seus mastros. Diligenciou ligar o motor de popa, mas faltava combustível. Monstros marinhos começaram a emergir na cabeça do menino. Da cozinha, a avó anunciou que a sopa estava quase pronta. Arredio, o neto respondeu não estar doente para tomar sopa. Queria bife. A avó fritou. O navio naufragou com os dois capitães a bordo.

Breve duelo

Sem capa, sem espada, sem palavras, desafiativos, os dois capitães, dos dois lados extremos da vida, foram almoçar na cozinha. Já na arena de combate, posicionaram-se sentados à mesa. Cada um numa cabeceira. Um em frente ao prato de sopa rala e o outro em frente ao prato com bife. Entre eles havia mais do que travessas, caldeirão e panelas. Existiam dúvidas, que não sabiam resolver. Por isso, evitavam se olhar.

Com o campo minado, Felipe abaixou a cabeça e fingiu viajar pelos riscos da mesa. Sem saber o que procurava, talvez encontrasse, por entre aquelas marcas de arranhões de panelas e facas, o tesouro da palavra. Ambos estavam empenhados na sua procura. Afinal, o navio estava naufragado e era preciso encontrar um jeito de resgatá-lo.

O avô sabia que, se não encontrassem um jeito, o duelo seria inevitável. Mas nenhum dos dois tinha a coragem suficiente para começar. Também não sabiam como conduzir o problema pelos caminhos da diplomacia. Melhor seria o mundo se abrir num buraco e ele cair dentro, pensava o avô. Pois nem ele, nem o neto eram covardes suficientemente para se levantar da mesa. Seria ótimo se alguém interferisse. Ao menos podiam tocar a campanhia da casa, para ele ir atender. Mas nada disso acontecia para arrancá-lo da presença do neto. Nem a esposa o ajudava. Estava entretida no fogão com aquele bendito doce de abóbora.

– Vem almoçar, Teresa!

– Daqui a pouco.

– Deixa esse doce pra depois!

– Está quase no ponto.

– Isso não é hora de fazer doce.

– Comer todo mundo gosta.

– Mas tem de ser bem agora?

– De tarde, tenho de ir à cidade pagar a conta de luz. – E continuou a mexer o doce na panela, sem perceber o perigo que o marido e o neto corriam.

Tinha de ser agora? Bem que ela podia parar com o doce e entrar com um assunto para socorrê-los. Mas não. Ninguém vinha salvá-los da situação. Que bom seria se tudo aquilo fosse apenas um capítulo de livro, de uma história de capa e espada! Bastaria um sacar a espada e tudo se resolveria. Não era. Precisavam de diplomacia para evitar a batalha. Só que não encontravam como começar o diálogo. As palavras existiam, mas estavam embaraçadas no peito. Era preciso mais esforço para arrancá-las e cuidado para conduzi-las pelas cavernas da voz e fazê-las aportar na boca.

Nisso, o menino pegou a faca e a empunhou. Encarou o avô, que se acovardou diante dos seus olhos, descendo o olhar junto com a colher para o prato de sopa. Com raiva, o menino desceu a faca até o prato e cortou o bife. Isso o encheu de coragem e desafio. No silêncio da casa, desembainhou do peito a palavra-arma, que ecoou no mundo:

– Vô!

– Quê? – Agarrou-se o avô ao chamado como a uma tábua de salvação.

– Nada – desafinou o neto, submergindo na cadeira e os olhos no prato.

– Fale! – desafiou o avô, num golpe suicida de coragem.

– Não!

– Então, não fale. – Foi a saída.

– Fale, você! – Ressurgiu o menino.

Não era a hora de falar. O avô ainda não conhecia as palavras que pudessem livrá-los daquela dor. Então, enfrentou o neto com um golpe mortal, para vencer o combate:

– Foi você quem falou primeiro.

E o mundo começou a rodar mais rápido

Passaram-se os dias, mas o assunto continuou o mesmo:

– Outra vez internado, filha!

– Não faz mal, mãe – Ana Rita confortou-a, sabendo que a mãe também se referia às suas economias, que estavam chegando ao fim!

– Você juntou durante tantos anos, filha. Isso não é justo. Bem agora que você conseguiu a bolsa.

– Não faz mal, mãe. O importante é o papai.

– Mas era o seu grande sonho, Ana Rita.

– Poupo outra vez, mãe.

– A gente podia vender a casa.

– Não, mãe. O papai nunca permitiria isso.

Com desespero, o filho levou as mãos ao rosto e lamentou:

– Não sei pra que fui me enfiar nessa dívida.

– Quem podia prever, filho? Foi tudo tão de repente... Pegou a gente de calça curta.

– Eu sei, mãe. Mas podia ter ido morar em outro bairro mais afastado. Comprado uma casa mais barata. Agora eu não estaria com esta corda no pescoço.

– Chega, Alfredo! Quantas vezes preciso falar pra você parar com isso, filho?! Foi a maior alegria que você deu para o seu pai. Ter o neto por perto sempre foi o sonho dele.

– Não estou tão certo disso, mãe. E agora, o Felipe?

– É... – concordou a mãe com um suspiro, e completou com preocupação: – Sem o avô, não sei o que será dele.

– Por favor, deixem de tragédia! – intercedeu Ana Rita. – O pai logo vai estar bom. Ainda vai poder navegar o mundo inteiro em apenas cinco minutos com o Felipe a bordo.

– Não sou boba, filha. E o seu pai também não é. Ele sabe bem o que tem. Só não fala porque pensa que não sei e não quer me ver preocupada. Os cabelos dele estão caindo todos.

– É por causa dos remédios, mãe.

– Como fui tola. Devia ter levado seu pai amarrado ao médico logo que começou a tossir.

– Mãe, a gente não pode se desesperar. Tudo o que nasce, um dia acaba morrendo – finalizou a filha, buscando uma força que não tinha. E saiu em direção a seu quarto, onde, de porta trancada, fingindo estudar, podia chorar à vontade.

Índio vira estrela

Foram quatro meses e poucos dias de sofrimento, internações sucessivas e dúvidas. A professora do Felipe, desconhecendo o drama do menino, reclamou do seu rendimento escolar. "Ele já não é mais o menino de antes." E isso toda a família já sabia. O que não sabiam era como reverter a situação. De início, julgaram que o tempo se encarregaria de fazê-lo feliz novamente. Depois resolveram conversar com ele francamente. Entretanto, Felipe sempre ficou esquivo a qualquer conversa sobre ele ou sobre o avô. De nada adiantaram as férias da mãe, nem o pai ter esquecido o jornal naquele tempo todo. Também não adiantou o esforço e o carinho da avó. Nem a atitude da tia, que ficou sócia de um clube, para ver se o sobrinho se encantava com a piscina. "Ele é muito sensível e inteligente. Não quer abrir a porta preta por ter medo do que há atrás dela. E ninguém vai conseguir fazer isso por ele. Só o tempo vai ajudá-lo a encontrar a verdade escondida de nós mesmos" – disse, um dia, o avô para o filho.

E foi numa manhã ainda de primavera de dezembro que o sol modificou as coisas, quando invadiu as frestas do quarto do avô, dando-lhe um pouco de ânimo. Como não acontecia há tempo, um esboço de sorriso iluminou o rosto da avó quando o marido manifestou vontade de sair do quarto e ir tomar um pouco de sol. Primeiro ela levou uma cadeira para o fundo do quintal. Depois veio buscá-lo para sentar-se. E foi com sacrifício que conseguiram caminhar até lá. O avô mal podia movimentar as pernas para trocar os passos. Mesmo estando muito magro, pesava muito para o ombro de uma mulher idosa como o da avó. Ela também envelhecera muito naqueles meses de doença do marido. Emagrecera e os seus cabelos ficaram brancos mais rapidamente.

Arfando muito, o avô sentou-se. A avó se prontificou a ficar a seu lado. Mas, com uma ponta de esperança de que Felipe viesse vê-lo, sem ninguém pedir ou mandar, o avô respondeu que não precisava. Podia ir cuidar da casa. Logo o gato Anastácio veio lhe fazer companhia. Deitou-se aos seus pés, tomando sol. O avô tentou se curvar para acariciá-lo, mas sentiu tontura. Endireitou-se na cadeira, respirou fundo, alongou a vista por cima do gramado e avistou a cabana do neto. Estava coberta pelas ramas do maracujazeiro, que haviam crescido muito naqueles meses da sua doença. A presença das flores do pé da fruta o obrigou a concluir que os seus meses de doença foram os da primavera.

De súbito, Felipe apareceu em cima do muro. Ao vê-lo, o coração do avô bateu mais forte. Teve o ímpeto de chamar o neto. Conteve-se, fingindo ignorar a sua presença em espreita. Cabisbaixo e arredio, o menino continuou em cima do muro. Tão perto e tão distante, pensou o avô. Como ajudá-lo? O tempo não havia dado conta desse recado. O tempo é um mestre moroso nessa tarefa de fazer as pessoas encontrarem a verdade. Precisava dar um jeito para tirar o neto daquele sofrimento dos últimos meses... Com o sol quente queimando-lhe a alva e recente careca, estonteou num cochilo. Aproveitando-se do momento, sorrateiramente Felipe desceu do muro. Nisso o gato miou para o menino e acabou acordando o avô, que ao ver o neto esticou os braços, certo de um abraço, que não recebeu. Magoados, seus ouvidos foram feridos por "Oi, vô" e os seus olhos turvos rastejaram atrás do neto em direção ao território indígena, até o menino sumir dentro da cabana.

Lá de dentro, por uma fresta na parede, Felipe começou a espiar o avô: achou que ele estava parecendo uma zebra vestido com aquele pijama listrado. Depois achou que parecia mesmo era um jacaré tomando sol. O vô estava muito feio, sem nenhum cabelo...

Tanta indiferença do neto indignou o avô, que se encheu de coragem e disse para si mesmo: "Desta vez ou vai ou racha". Espalmou a mão no assento da cadeira, para ter apoio, e com a outra segurou firme na sua bengala. Impulsionou o corpo e se pôs de pé. Aí, foi caminhando trôpego como pôde. Quando chegou ao território indígena foi barrado pelo neto, sem camisa e de cocar na cabeça:

– Aqui não entra homem branco!

Num impulso de raiva, o avô arrancou o paletó listrado e, num tom desafiador, enfrentou o cacique, batendo com um murro forte no peito despido:

– Mim também é índio! – E invadiu a cabana, sentando-se em frente ao neto.

Na pele de cacique, o menino não se deixou intimidar. Apanhou o colar, pendurado na parede, e estendeu ao avô:

– É seu.

Orgulhoso, o avô colocou o adorno índio, que lhe volteou o pescoço sobre o peito.

Tentando imitar a voz grossa e a fala de um cacique, o menino bradou:

– Bem-vindo, velho guerreiro! – E abraçou o avô com profunda ternura.

– Feliiiipe... – tremulou a voz do avô, que se entregou aos braços do menino.

– O que o senhor tá querendo me contar, vô?

Havia chegado a hora, e o avô, mesmo muito emocionado, não titubeou:

– Vou morrer, Felipe!

– Vô, você sabe que índio não morre...

– Você está me dizendo que... – gaguejou, sem poder continuar.

– Isso mesmo – respondeu o cacique e afirmou: – Índio não morre, índio vira estrela.

A morte viva

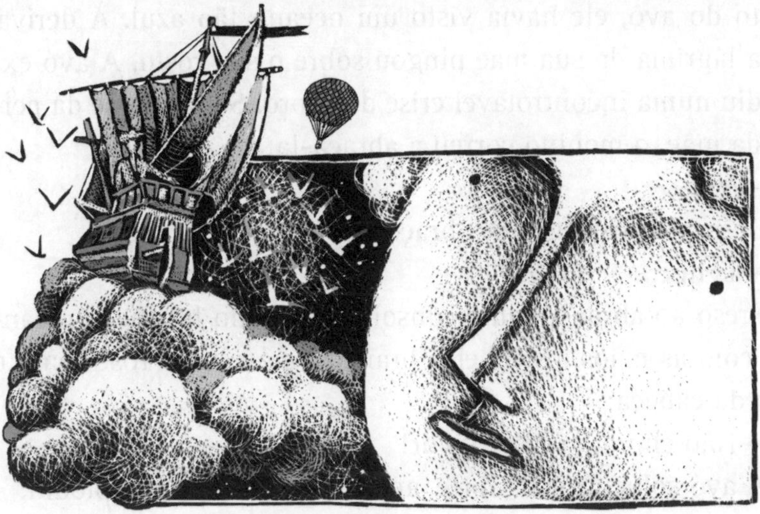

Em casa, na boca da noite do dia seguinte, o avô findou os seus dias.

Ao ver o neto entrar no quarto, seguido da mãe, a avó encolheu-se encostada na guarda da cama, ao lado do marido, e sufocou o choro, que foi vazando por entre os seus dentes e lábios cerrados. Enxugando as lágrimas nas costas das mãos, o pai virou para o lado, para não assistir à cena do filho vendo o avô estendido no leito. O menino agarrou-se forte na perna da mãe e, de longe, olhou para o corpo inerte do avô.

Entretanto, a dura realidade se transfigurou na imaginação do menino. Diante dos seus olhos, ergueram-se os lençóis em velas enfunadas sobre a cama, transformada num grande navio. Soprou um forte vento encapelando o mar. Uma onda gigante engoliu o casco do navio, que, vitorioso, reapareceu atrás da onda singrando, calmamente, um mar sereno. Rapidamente, a água foi escoando de sobre o convés e devolvendo a imagem do corpo do avô, deitado sobre as tábuas encharcadas. Estava sem camisa. Sobre o peito nu, apenas o seu colar de índio volteava-lhe o pescoço. Parecia um grande e velho guerreiro, concluía o neto. Nem mesmo nas suas travessias de mar a mar, junto do avô, ele havia visto um oceano tão azul. À deriva, uma lágrima da sua mãe pingou sobre o seu rosto. A avó explodiu numa incontrolável crise de choro. Soltando-se da perna da mãe, o menino correu a abraçá-la:

– Vó...

Desesperada, a avó se abraçou ao neto e irrompeu:

– Felipe...

Preso ao abraço, como consolo, o menino foi-lhe penteando, com as mãos, os cabelos brancos, de sobre o rosto para o alto da cabeça:

– Não chora, vó! Por favor!

A avó soluçou mais forte, apertou-se ao neto e explodiu:

– Morreu, Felipe!

– Por favor, vozinha! Ele ainda está vivo...

Entrechocaram-se olhares de interrogação. Por instantes, o quarto ficou suspenso, aguardando o desfecho da situação. Só voltaram a respirar quando o menino completou:

– Ele só virou uma estrela...

É difícil de entender, vô!

Quase hora depois o menino deixou os braços da avó e, sorrateiramente, foi até a sua cabana. Desvestiu a camisa, pôs o colar e o cocar. De cacique, subiu ao seu observatório, no alto da escada que levava à lavanderia. Sabia que agora a sua tribo estava dividida entre o céu e a terra. E, com os olhos úmidos, procurou, no céu, o outro índio. Uma estrela piscou para ele.

– Nunca vi essa estrela – murmurou.

Por entre as pestanas dos seus olhos encharcados, a estrela voltou a piscar com mais intensidade. Convicto, também piscou para a estrela.

– Eu sei que é você, vô.

Com brilho, a estrela confirmou.

Não querendo que a estrela o visse chorando, abaixou a cabeça e confidenciou:

– Mas é difícil de entender, vô!

O autor

Arquivo pessoal

Nasci na madrugada fria e paulistana de 31 de agosto de 1948. Quando menino, queria ser marinheiro. Não deu certo, mas confesso que a magia do mar ainda me encanta. Com isso, vivo lançando âncoras em portos seguros ou onde encontro poesia. Tímido, aos nove anos de idade, pensei que o mundo viria abaixo quando minha professora me mandou levantar para assumir a autoria da redação que ela elogiava. Foi nesse tempo que aprendi a amar os livros.

Sou graduado em Administração de Empresas e também em Direito, mas de advogado tenho apenas o diploma no canudo e a carteira da OAB num canto da gaveta. Minha formação mais mágica é de mestre em Artes Cênicas, pela Universidade de São Paulo.

Depois de 25 anos de trabalho na indústria, comecei a contar histórias de pessoas, bichos, fadas, objetos e cidades. Hoje, sou escritor, dramaturgo, professor universitário de teatro, cronista e programador artístico-cultural da Coordenadoria de Cultura da cidade de Mogi das Cruzes, em São Paulo.

Tenho publicadas quatro dezenas de livros, por diferentes editoras. Escrevi algumas peças de teatro que foram encenadas por mim e por outros diretores. Ganhei alguns prêmios, títulos, e algumas das minhas obras foram traduzidas para o espanhol.

Sou um homem urbano, cada vez mais amante das artes. Amo as cidades com suas belezas, facilidades, complexidades e contradições. Mas a vida no campo tem me encantado cada vez mais.

Amo bichos, crianças, velhos e livros.

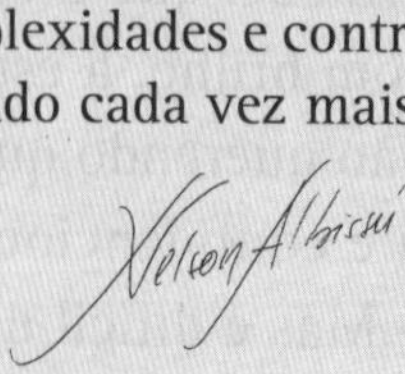

Entrevista

Juntos, Felipe e seu avô viajam pelo mundo da fantasia em busca de respostas para suas dúvidas. Que tal ler a entrevista abaixo com o autor Nelson Albissú e conhecer um pouco de seu mundo?

COMO FOI SEU PRIMEIRO CONTATO COM A LITERATURA?

• Desde criança gosto muito de histórias. Elas me conduziram aos livros, primeiro como leitor e depois como autor. Até hoje, leio muito e escrevo pouco em relação ao tanto das minhas leituras.

QUANDO VOCÊ COMEÇOU A ESCREVER?

• Acho que a escola é fundamental no despertar das vocações. As aulas de redação do curso primário foram meus primeiros passos. Publicar foi simplesmente uma consequência.

É DIFÍCIL DE ENTENDER, VÔ! É AUTOBIOGRÁFICO OU APENAS TEM ELEMENTOS BIOGRÁFICOS?

• Quanto ao enredo, não possui nada de autobiográfico. Mas a paternidade de qualquer obra sempre traz marcas e entendimentos de seu autor. Com o passar do tempo, descubro mais e mais quanto as minhas personagens se parecem comigo.

DIZEM QUE AVÓS SÃO "PAIS COM AÇÚCAR". VOCÊ CONCORDA?

• Os avós são melhores do que os pais porque já estão construídos, amadurecidos e vividos. É difícil construir alguém se ainda não estamos construídos. Não se tem a experiência anterior para essa função. Os avós já erraram quando foram pais. Não erram mais. Educam com ternura. Por isso os chamamos de "pais com açúcar".

NESTA OBRA, HÁ A DESCRIÇÃO DE ALGUMAS DIFICULDADES QUE AS PESSOAS IDOSAS ENFRENTAM NO SISTEMA DE SAÚDE. COMENTE UM POUCO O ASSUNTO.

• Na velhice as pessoas necessitam mais de médicos do que precisaram na vida inteira. Com a aposentadoria miserável dos brasileiros, os idosos são obrigados a recorrer ao sistema público de saúde, que no Brasil é muito precário. Isso resulta no péssimo atendimento.

AS CRIANÇAS DE HOJE SÃO DIFERENTES DAS DE ANTIGAMENTE, MAS CONTINUAM BRINCANDO MUITO. COMO VOCÊ VÊ ESSAS CRIANÇAS E SUAS BRINCADEIRAS?

• Brincar é a coisa mais gostosa da vida. Criança é sempre criança e adora brincar. Aprende brincando. A sociedade é que mudou e as brincadeiras se tornaram individuais. Infelizmente, o prazer de brincar com o amigo, com a turma, diminuiu muito. As ruas, espaços lúdicos no passado, hoje estão lotadas de veículos.

CERTAMENTE VOCÊ JÁ PERDEU UMA PESSOA MUITO QUERIDA. DIGA COMO LIDOU COM A SITUAÇÃO.

• Naturalmente, na minha idade, já perdi meus avós, pais, tios e amigos. Perder é sempre muito doloroso. Difícil de entender. Mas mesmo sem ter passado por isso, sei que a dor maior é de perder um descendente, porque nos parece antinatural.

ENTRE LINHAS COTIDIANO

É difícil de entender, vô!

Nelson Albissú

Suplemento de leitura

Todos os dias, a mãe de Felipe vai trabalhar e o deixa sob os cuidados dos avós. Felipe é um garoto esperto, curioso, e adora brincar. Na casa de seus avós, um mundo de fantasias se descortina para ele, na figura de seu avô Amâncio. Amâncio é divertido e gosta de brincar com o neto. Sua imaginação fértil cria cenários mirabolantes: a cama transforma-se num navio, a fronha torna-se bandeira, e, acompanhado do neto, ele navega pelos sete mares. Com Amâncio, o desejo súbito de comer pato assado é mero pretexto para pegar as penas do animal e fazer um cocar para o garoto. Felipe ama seu avô.

No entanto, Amâncio está doente. E Felipe terá de enfrentar uma grande perda. O amor e a imaginação do avô, entretanto, são instrumentos poderosos, e lhe servirão de apoio pela vida afora.

Por dentro do texto

Personagens e enredo

1. Ainda bebê, Felipe já demonstrava predileção por seu avô. Retire do texto trechos que comprovem essa afirmação.

2. Em suas brincadeiras, Felipe e o avô transformam cama em navio, lençol em bandeira, etc.

   a) Que elemento avô e neto empregam em tais brincadeiras?

   b) É possível se divertir sem usar a imaginação? Como?

3. Pensando na forma como Felipe e seu avô se relacionam, responda:

   a) Como podemos caracterizar o relacionamento deles?

   b) Todo relacionamento entre avô e neto é igual? Por quê?

Produção de textos

10. Escreva uma carta de reclamação para ser publicada na seção de cartas de um jornal, retratando o péssimo serviço e/ou o atendimento de alguma instituição ou empresa pública ou privada. Pode ser um posto de saúde, uma operadora de telefonia fixa ou móvel, uma operadora de TV por assinatura, um fabricante, uma loja, etc. Não se esqueça de usar argumentos convincentes para comprovar seu ponto de vista. A carta deve ser clara e curta (no máximo 15 linhas). Quando terminar, revise o texto, verificando se os leitores do jornal a que a carta se destina poderão entender qual é a sua insatisfação.

11. Elabore um texto dando sua opinião sobre a morte, contando como isso influencia sua vida. Se você já perdeu uma pessoa querida, relate como foi essa perda. Se isso não ocorreu, como acha que enfrentaria a situação?

Atividades complementares

(Sugestões para História e Ciências)

12. Vô Amâncio contou a Felipe a história de seu avô, que veio da Espanha para o Brasil. Você conhece a história de sua família? Entreviste alguns de seus parentes, procurando saber quem foram seus bisavós, como se chamavam, o que faziam, se eram brasileiros ou imigrantes, etc. Resuma as informações e as copie num pequeno cartaz; depois ilustre-o com desenhos ou fotos.

13. Lembre-se desta fala da avó de Felipe:
– *Eu dei um chazinho pra ele, pensei que com isso...* (p. 61)

Existem inúmeras ervas medicinais que são usadas no tratamento de alguns problemas de saúde. Em grupo, e com a ajuda do seu professor de Ciências, faça uma pesquisa sobre essas ervas. Anote os nomes delas, para que servem e como devem ser utilizadas. Se possível, ilustre sua pesquisa com desenhos, fotos ou a própria folha de cada erva.

14. Em dupla e com a ajuda do professor de História, faça uma pesquisa sobre brincadeiras infantis antigas e atuais. Para isso, procure em livros, na Internet e pergunte a seus familiares e amigos sobre brincadeiras que já andam esquecidas, mas também falem das brincadeiras de seu tempo. Preencha a tabela abaixo com os dados obtidos na sua pesquisa.

	Brincadeiras em grupo	Brincadeiras em dupla	Brincadeiras individuais
Brincadeiras de rua			
Jogos de tabuleiro			
Jogos de cartas			
Jogos com bola			
Outras brincadeiras			

Atual Editora